鬼怨

賤男　著

天空數位圖書出版

序

「賤男，你為什麼要寫《鬼殺人》這一篇故事呢？」

「笨蛋！當然是為了錢咩！但是對於從未寫過鬼故事小說的賤男我，要寫一篇完整的鬼故事的確是很大的挑戰。」

身為作者賤男我是非常喜歡看電影的，但我卻是非常害怕看恐怖電影，每次看恐怖電影的時候，只要看到一半賤男我鐵定是落荒而逃，因為我的膽子是有夠小顆的。

「那麼，賤男你相信這世界上有鬼嗎？」

「鬼？說到鬼就令人感到害怕」

賤男我當然相信這世上有鬼，如果這世界上沒有鬼，那麼為什麼在世界各國都有那麼多的鬼故事，就算鬼不存在這一個世界上，也一定存在人們的心中。

「那賤男你曾經見過鬼嗎？」

「沒有，老實說，我根本根本……不想見到鬼」

「那為什麼你肯定這世界上有鬼存在呢？」

「賤男我雖然沒有見過鬼，但我相信每一個人的心中一定都有鬼的存在。」

我就說一下我個人的經歷好了，在我國中的時候，那時候我的課業壓力很大，除了每天上學被老師打，我老爸也修理我修理得很厲害，而且我老爸打我，不是普通的打，是屬於那一種爆打。在老人家的觀念就是，棒下出孝子，不像我賤男是一個和平主義者，從來不打小孩的。

所以在國中有一段時間，我是非常的沒有安全感，我睡覺的時候一定要開著燈，而我老爸每次經過我房間的時候，就順手把燈關了，因為房間燈的開關在外面。

而那個時候，我經常在半夜裡醒來，每次總是感覺到外面好像有人想要打開我房間的門，衝進到我的房間。經常會看見有一根細長的鋸片，從門縫伸了進來，拼命的鋸拼命的鋸，死命的鋸用力的鋸，想要鋸斷門閂。

那時候的我，心裡是非常害怕的，在房間外面的人，他究竟是誰？他為什麼那麼想要進到我的房間裡面？他到底想要幹什麼呢？

　　這樣的情形持續了很久，我也經常的失眠。終於有一次，我終於大爆發了，我大聲拼命的吼叫：不要再鋸了！

　　這一陣的吼聲，將全家的人都給驚醒了，上樓的下樓的，都集聚在我房間的外頭，等到我開了門，大家用不可思議的眼神看著我。我當然知道，這一個時刻是不好受的，臉皮薄的我簡直是無地自容，根本不知道該躲到哪裡去？

　　當然，這一個情況仍然沒有停止，仍然持續的發生。有時候我在這一個房間裡睡午覺，也曾經發生過好幾次的鬼壓床，直到我上大學，搬離了這個房間，這個現象才沒有再發生了。

　　我到現在仍然不知道，在那一個時候，無時無刻想進入到我的房間的那一個東西，那一個東西究竟是什麼東西？

你說，我相不相信這世界上有沒有鬼？雖然我沒有見過鬼，但是我確實相信這個世界上有鬼，而且當初想衝進我房間的，那個就是嗎！？

賤男

目錄

Part I

Part II

Part III

Part IV

Part I

第一章　天生不幸

「我……，一出生就注定是一個不幸的人，剛出生的我被診斷出患有囊狀纖維化症，醫生估計我活不過二十歲。」

「六歲時候的我病發，父母雙親為了緊急送我到醫院，途中發生了嚴重的車禍，雙親因此死亡，該死的我卻奇蹟般地活了下來。靠著父母的身後保險金，我的生活不至於匱乏，年幼的我被送去給外公扶養，在鄉下與外公兩人相依為命。」

「在我生命中的大部分的時間，都是在冰冷的醫院中度過的。同樣患有囊狀纖維化症的人，必須隨時保持相隔至少六公尺以上的距離，因為當有人咳嗽或打噴嚏的時候，雙方將面臨彼此交叉傳染的高度風險。」

「在醫院中，我邂逅了患有跟我同樣病症的女孩，她的名字叫做白忻。為了控制我們兩人的病情，我跟她必須永遠地保持安全距離。但正是這一段連觸碰都不被允許的戀情，卻讓我重新燃起對生命的熱情……」

「十八歲的那一年，我的外公去世，在這個世界上我再也沒有任何的親人，我獨自一個人過活，我所能寄託的，也只有

我對白忻的愛情。2019 年，我二十四歲了，把大學當作醫學院來讀的我，依然還活著。我居然可以活到二十四個年頭，醫生認為這是奇蹟。但也因為肺部的感染，我每一天都必須要戴呼吸器，才能維持我的生命，而我的身體也越來越虛弱了。」

「我原以為活不過 2019 年的冬天，但沒想到在 2019 年的秋天，發生了一件可怕的事情，讓我體驗到我人生歷程中最恐怖、駭人、驚悚及可怕的經歷……」

韓磊，一個天生就患有囊狀纖維化症的年輕人，幾乎以醫院為家的年輕人，這一天他躺在醫院的病床上，他的嘴中還掛著呼吸器，非常用力地呼吸著每一口的空氣。

醫生說他活不過二十歲，今年，他二十四歲，已經是奇蹟了。不過因為肺部的感染，他的病情愈加的嚴重，他必須隨時配戴著呼吸器。他認為今年就是他生命的最後一年，他是活不過今年的冬天了……

2019 年 8 月 1 日上午 11 時 40 分……

一通緊急的電話，打斷了韓磊在醫院裡的寧靜的生活。

「你是韓磊先生吧？」

「是的！你是誰？」

「我是警察，有不幸的消息要連絡你。你的女友白忻，今日清晨不幸在自己的臥房裡失去了生命的跡象。因為她沒有親屬，而你又是她的男友，你可不可以親自來現場一趟，幫助警方釐清案情。」

「什麼……？白忻她死了……？」聽到這一個消息，韓磊的心情是萬分的激動……

白忻……，她是韓磊的女友，她跟韓磊一樣，先天患有囊狀纖維化症，她與韓磊的相戀，就是一段奇蹟的故事。

因為同樣患有囊狀纖維化症的緣故，兩人經常進出醫院，也有數面之緣。同樣患有囊狀纖維化症的人，必須保持六公尺以上的距離，否則很容易交叉感染。就這樣，在等待就診的時間，坐著相隔六公尺的兩人，開始了大聲的聊天起來。

　　無法近距離地接近白忻，也無法近距離地將白忻看得清楚，韓磊卻可以感受到，白忻比任何的女孩都還要美麗。她細嫩的皮膚，滑不溜手的觸感，微嫩泛黃的寒毛，細緻微現的血絲。雖然觸碰不到，也看不到，白忻的每一個細胞，每一份毛孔的美，就像是用顯微鏡放大一般深深地烙印在韓磊的心頭上。

　　韓磊決定要追求白忻，他要白忻作他的女友。這一段距離六公尺的愛情，甚至不能相互碰觸，不能有肌膚之親，也不能相處在單獨兩人的房間裡，這一段不為他人祝福的戀情，韓磊沒有動搖，他認真地向白忻展示他的愛情。

　　對白忻的愛，成了韓磊活下去的動力，讓他重新燃起對生命的熱情，他越來越愛白忻，也越來越愛這一個世界，他對白忻的愛是一發不可收拾……

　　此時聽到白忻的死訊，韓磊的心中是萬分的震撼。身為囊狀纖維化症的患者的他，早就料想到會有這樣的一天到來，但他沒有想到的是，白忻會比他早死，這份沉重的痛，讓他萬萬不能承受，此時的他，根本無法接受白忻死亡的事實。

　　韓磊緊急地趕到白忻的住所，一進到屋子裡，韓磊就聞到一股奇怪刺鼻的味道，那絕對不是白忻身上的味道，那股味道莫名地讓韓磊有一種噁心的感覺。屋子裡的擺設，變得有些混亂，有些物品被雜亂地被丟在地面上，白忻她是一個愛乾淨的女人，她絕不可能忍受屋子裡面如此亂糟糟的。

　　看見白忻的屍體，韓磊的眼淚不禁狂飆了下來，他不敢相信白忻真的……真的……死在他的眼前……

　　「你是韓磊先生吧……？」警察問道。

　　「沒錯，我是。」

　　「眼前這位死者就是你的女友，白忻吧？」

　　「是的。」

　　「聽說你跟你的女友都是天生的囊狀纖維化症的患者，而天生的囊狀纖維化症患者，通常都無法活超過二十歲，是吧？」

　　「是……」

　　「這件案子可以結案了，你的女友白忻，在今日清晨的時刻不幸病發，在自己的臥室裡失去了生命的跡象……」

韓磊的心中怒罵：「你們警方怎麼可以如此地草率結案呢？」但是身為囊狀纖維化症的患者，韓磊又能說什麼呢？他們的性命，比螞蟻還更加的卑賤，他們的生命，就是如此的不值。

警方以白忻急病暴斃的原因簽結了此案。

韓磊看著白忻的屍體，在白忻的身上，多了幾處他未曾見過的莫名傷痕，而死亡的白忻的雙眼是張開的，在她的眼神之中充滿了恐懼與驚悚。還有在她的左手腕上，有著五個指印的抓印，那是被人手所猛力抓住的印子，究竟是什麼人在白忻死亡之前，如此用力緊緊地抓住了白忻的手腕呢……？

韓磊他知道白忻她絕對不是病死的，同樣是囊狀纖維化症的患者的他，他知道得到這種病的人死狀大概是怎麼樣。種種奇怪的跡象，讓韓磊堅決相信白忻絕對是被人給害死的，但究竟是誰……？究竟是誰害死了白忻……？究竟是誰如此的殘忍，奪走他心愛女友的性命呢……？韓磊很想知道答案！但，真實的答案比他想像得還要恐懼……

　　白忻跟韓磊一樣，在這個世界上沒有其他的親人，所剩的，只有兩人雙方彼此之間的愛情。韓磊從警方那裡接收了白忻生前的遺物，其中包含了白忻生前所使用的手機。

　　因為經常進出醫院的緣故，韓磊常常缺課，把大學當作醫學院來讀的韓磊，至今依然還沒有從大學畢業。接下來讓韓磊不敢置信的是，在短短的一個月裡，在校園裡，接二連三發生了離奇的死亡事件，而這一些死亡的事件，將連結去轉動他生命中恐懼的轉輪。

第二章　恐怖來電

2019 年 8 月 3 日晚上 20：30 分……

　　李娜懷著興奮的心情，這可說是她人生的第一次約會。以豪，他的身材高挑，長得帥氣，乾淨，理工科，成績優異，多才多藝，幽默，搞笑包括但不僅限於講黃色段子，紳士，他是李娜心目中理想的對象。

　　當以豪提出要跟李娜約會的時候，李娜簡直是高興得快要昏死過去了，沒想到那麼帥氣的男生竟然會約自己？

　　但是聽到以豪提出的約會地點，李娜的心不禁地噗通噗通的跳。教學大樓的頂樓？那裡可說是四下無人，在頂樓上，孤男寡女的兩個人，究竟能幹些什麼好事呢？

　　李娜想起自己從小到大，還未曾跟男生接吻過，跟男生接吻的感覺是如何呢？

　　心跳加速，腦子裡一片空白，內心呼喊著：「怎麼辦？」先是觸電般的感覺，然後腦子空白，最後飛上雲端，心裡的感

受就是一臉的懵逼，失去自我的瞬間，回想起來又能成為難忘的永遠，甚至超越不了的一切美好的感覺。

當來到頂樓看見以豪的時候，李娜的身體止不住的發抖，一切的幻想不停地在她的腦中流竄著，就像是在小劇場中，上演著激烈的愛情動作片。

以豪一見到李娜就侃侃而談，沒有口沫橫飛，沒有手舞足蹈，不算是字字鏗鏘，可是他的一臉真誠，給人留下不驕不躁的端正純良好少年的形象。稚嫩的臉孔，未嘗不是一股煥發濁水的清流。

李娜真的想歪了，她所幻想的故事情節，一件也沒有發生。看著以豪秀氣純真的臉龐，李娜不禁心裡感到一絲的慚愧，自己的思想怎麼可以那麼的齷齪？感到慚愧的李娜不禁拿出一根煙出來抽，放鬆一下自己的心情。

「妳會抽煙？」以豪不禁吃驚地問道。

李娜翻了白眼：「誰規定女孩子就不能抽煙呢？」

「沒有，沒有，我覺得女孩子抽煙的樣子……很帥。」

「是嗎？你要不要來一管呢？」

「不，不用了，我不抽煙。」以豪回答說。

抽了根煙後，李娜的心情放輕鬆許多，面對著以豪也不緊張了，她的話也越來越多，侃侃而談，似乎想把她一生所有發生的故事，一口氣全部都告訴以豪。

突然間，李娜的手機響了，那是一個她從未見過的號碼，李娜以為又是什麼亂七八糟的廣告電話？當接起電話的那一刻，李娜的臉色完全的改變了，她的眼神變得異常的驚恐，臉上的冷汗不停地狂流。

以豪好奇地問：「是誰打電話給妳？」

李娜睜大驚恐的眼睛，緊盯著以豪的後方，她的聲音完全變得沙啞，好像看見了什麼東西，恐懼得說不出話來：「你……你……」

以豪吃驚地問：「妳……，究竟看見了什麼東西呢？不要嚇我……」

　　以豪轉身一看，一道白影忽然間的消失不見，以豪感到萬分的吃驚。剎那間一道尖銳的尖叫聲，從李娜的口中吼出，在李娜的左手腕上，出現了五道青紅的抓痕，好像有無形的手抓著李娜的手，直接衝向三公尺外的頂樓欄杆。

　　瞬間頂樓的欄杆垮塌，李娜直接從十層樓墜樓掉落到地面上，剎那間摔得粉身碎骨。

　　以豪當場嚇得目瞪口呆，他緊急搭乘電梯下樓，衝出教學大樓門口外面的時候，已經有好幾位學生圍觀。看著地面上李娜摔得粉碎血肉模糊的屍體，以豪當場情緒失控，他的眼淚不禁狂流，腿軟無力，整個人癱坐在地上。

　　當警方到來，卻以李娜自殺跳樓死亡作為結案，以豪是萬萬不能接受。

　　「她就在我的眼前，被一個看不見的東西拉住了她的手腕，衝破了欄杆墜樓而摔下，她就這樣死在我的眼前，她絕對不是自殺跳樓的……」

　　警察嘲笑說：「當時在頂樓，只有你跟李娜兩人，如果李娜不是自殺的話，難道是你殺死了李娜？」

　　以豪變得一句話也說不出來，但他知道，李娜絕對不是自殺而死的。是那一通莫名的電話，而那一雙看不見的手，殺死了李娜。

第三章　移動的銅像

2019 年 8 月 7 日下午 3 時 10 分……

　　來自單親家庭的阿航，他哥哥就讀私立大學，阿航有感他媽媽拉拔他跟哥哥的工作辛苦，他一心一意想要賺錢改善家計，參加了全國技藝競賽第一名，獲得順利地保送進韓磊所就讀的大學。

　　家裡屬於中低收入戶，全靠媽媽在打工的微薄薪水支撐著家計，他參加技藝競賽獲得了保送，除了獲得大學四年獎學金學雜費全免之外，每個月還有五千元的零用金，阿航他終於一圓成為大學新鮮人的美夢。

　　阿航興奮地帶著媽媽和哥哥來參觀他即將就讀的大學，興奮地對媽媽和哥哥說：「這就是我即將要就讀的大學，校園很美很漂亮吧？」

　　媽媽莫名地眼淚就掉了下來，阿航這一個孩子果然爭氣，憑自己的努力，爭取到了獎學金與零用金。否則憑自己微薄的薪水，哥哥已經被就學貸款壓得喘不過氣來，家裡的生活已經

很吃緊，如果不是靠著阿航的努力，她又要如何去供應阿航的學費呢？

　　想到這裡，媽媽的眼淚就不禁噗噗地直流……

　　突然間哥哥哈哈大笑了起來，阿航好奇：「老哥，你在笑些什麼？」

　　「你們大學校園裡，居然還有蔣公的銅像，這些蔣公的銅像，不是該送到蔣公銅像的墳場嗎？還擺在這裡嚇人？」

　　「是啊，的確是很稀奇。」

　　阿航看著校園裡的蔣公銅像，這銅像高達三公尺，重量大約是三百公斤，看起來是十分的雄偉。在阿航的心中不禁地感到戚戚焉，歷史的無常，變化莫測，當時叱吒風雲的歷史人物，如今也只能成為一團笨重的廢鐵。

　　「真的是很稀奇，這裡居然有蔣公銅像，我們就在蔣公銅像下照個相留念吧？」哥哥提議說。

　　「這是不錯的建議。」阿航請路邊的學生，為他們三個人拍下紀念性的照片。

站在蔣公銅像的正下方，突然間阿航的手機響了，阿航接起了電話，聽見了手機裡面的聲音，阿航的臉色突然的一變，變得青黑的可怕。

「你這一個人是怎麼搞的？拍照的時候不要接電話，氣氛都被你搞僵了。」哥哥轉頭一看阿航，大吃一驚，蔣公銅像的手……居然……居然……就直接搭在阿航的肩膀上。

「銅像的手怎麼會移動呢？」

忽然間，高三公尺、超過三百公斤重的蔣公銅像瞬間倒下，直接重重地壓在阿航的身上，狠狠地將在銅像前合影留念的阿航給砸死。

這一切的發生得太過突然，哥哥、媽媽都不敢相信自己眼睛所見到的事實，這麼優秀的年輕人，靠自己努力得到優異成績的年輕人，怎麼會突然間慘死在他們的眼前。

除了驚慌失措，就是痛哭流涕，再多的哭泣，也換不回阿航的生命。當救援人員將蔣公銅像搬開，做了能做的一切救援

措施，仍然無法挽救阿航的生命。阿航的頭部、胸部以及腹部都受到了嚴重的重擊，全身則是嚴重性的粉碎性骨折。

鬼怨

第四章　口吐蟑螂

2019 年 8 月 10 日傍晚 6 時 20 分……

　　已經開始放暑假了，許多大學生還滯留在宿舍裡，不肯回家。許多大學生瘋狂的活動，讓人瞠目結舌。

　　在男大生宿舍，辦了一場瘋狂的吃炸蟑螂大賽，冠軍的獎品就是性感動人的充氣娃娃一隻。而且在男大生的宿舍裡，什麼最不缺，蟑螂最不缺了，可以說是貨源充足啊。

　　相信許多人都不怎麼喜歡蟑螂，認為蟑螂骯髒、噁心，但是在東南亞地區，有相當多的國家是以炸蟑螂作為日常的食物。

　　蟑螂，身為昆蟲軍團的一員大將，歷史可以追溯億萬年，足跡遍佈全球，族群有四千多種，當然也可以是餐桌上的美味佳餚。雖然很多人認為噁心，但事實上，蟑螂是愛乾淨的一種昆蟲，更別提會食用的蟑螂一般都由養殖場出來，不是從下水道捉來的，因此不需要太過有心理的障礙。

　　男大生阿凱贏得了這一場比賽，也為他賺了一個新的老婆－美麗動人的充氣娃娃。校園的記者請阿凱發表他的得獎感言。

阿凱說：「你們知道我的初戀對象是誰嗎？」

「是誰？」

「小時候的我曾經迷戀一隻蟑螂，我將它取名為麗莎，我與它談了一年的戀愛。我覺得能跟麗莎雙方能進行心靈上的溝通，而且我經常幻想著與麗莎發生性關係。但是礙於蟑螂的壽命，麗莎很快就過世了，麗莎死了之後，我很虔誠地吃掉它，希望它能繼續地活在我的身體裡面。」

「因為是炸過的，炸蟑螂的口感非常的酥脆，而且味道非常的美妙，口感跟炸蝦很像。當一口將炸蟑螂咬碎，滾燙的肉汁噴得滿嘴都是，那美妙的滋味，真的是用筆墨難以形容啊！」

穿著海灘褲，腳踩著夾腳拖，手中抱著美麗動人充氣娃娃的阿凱，大搖大擺地在校園裡走著。經過的大學老師，看見阿凱的形象都不禁地搖搖頭，現在的大學生的素質真的是很差。

突然間阿凱的手機響了，阿凱拿起手機接聽，從手機那邊傳來一道低沉的聲音：「你說蟑螂很好吃？」

「是啊！蟑螂真的很好吃！」

　　阿凱話還沒有說完，看見一道高大的白影出現在他的眼前，他長長的白髮遮蔽了他的臉孔，叫人看不清楚他是長怎麼樣子？恐怖的氣息瞬間凍結了四周的空氣，阿凱覺得異常冰冷，全身凍得雞皮疙瘩寒毛豎起。

　　「你說……蟑螂很好吃……？」

　　白影伸出了冰冷蒼白的手掐著阿凱的嘴，阿凱一句話也說不出來，一隻一隻蟑螂，從阿凱的嘴中爬了出來……

　　當阿凱被發現的時候，已經是一具冰冷的屍體，躺在學校門口的附近。警方的驗屍報告說，他的死因是吸入胃內容物導致窒息，也就是說，他是被自己嘔吐出的蟑螂碎片嗆死的。

第五章　電擊死亡

2019 年 8 月 16 日中午 13 時 0 分……

大學男女同學交友間有一個名詞叫做班對，就是班上一對男女同學，平時在校時同進同出，在同學的眼中是一對標準的情侶，就被視為班對。

阿宏來自南部，他是富商之子，白細的皮膚，還有一對明亮的大眼睛。當初全家人開著三部轎車，由十幾個家人浩浩蕩蕩的陪伴著他北上到校註冊。

與阿宏毗鄰而坐的是小玟，她是一個四處尋找工讀機會的貧困學生，她的長髮大部份的時間是凌亂的，衣服好像一年四季都是長褲、襯衫。但她上課認真，下課用功，也很少跟其他同學談天、來往，因為她必須要爭取獎學金繳交下學期的學費。

開始的時候阿宏感到很氣惱，班上漂亮的女生這麼多，為什麼他的運氣這麼不好，偏偏跟這個很無趣的女生坐在一起，下課時候，阿宏故意的趕快離開座位，跑到漂亮女生聊天的地

方去跟她們搭訕，胡謅、笑鬧了一陣子，上課鈴聲響起才慢吞吞回到座位。

有一天，小玟先開口說話：「阿宏，我告訴你，剛剛點名阿姨已經來過點完名了，你已經被記曠課了！」

阿宏還拿著手上的早點，一聽十分生氣的對著她發脾氣：「怎麼會這樣？我只不過去買個早點，妳為什麼不跟她說我有來，馬上就會進來呢？」

小玟原本想回他一句：「關我什麼事！」但是看到他一臉懊惱，把早點亂七八糟的放在椅子下，都沒心情吃一口了，覺得很好笑，就沉默了下來。

阿宏的壞毛病仍然沒有改正過，到了上課鐘響起永遠都是拖拖拉拉的，挨到最後一刻才進到教室。遇到點名的阿姨正好進來點名，小玟只好幫他找理由：「他去教務處，馬上就回來！助教找他！」盡量幫他拖延一點時間。

不多久之後，有一天阿宏趁四周沒人的時候，對小玟悄悄的說：「周三和周五早上的第一堂課我總是起不來，我給妳我

的手機號碼，可不可以拜託妳早上打電話給我，叫我起來，我付妳手機電話費。」

小玟嘲謔的說：「你又不是小孩子，早上起來還要人叫，好好笑喔！」

「我在家時，都是被媽媽、姐姐叫起來的，沒辦法，我習慣了！」

「你的朋友那麼多，幹嘛要我叫？」

「妳比較可靠嘛！」

經過四年的相處，阿宏發現到他好像愛上小玟這一個不同一般女人的女孩，他再不跟小玟表白的話，畢業之後兩人就不可能有在一起的機會。

在畢業典禮的那一天，阿宏相約小玟在 8 月 16 日的這一天一起去爬山，阿宏計劃著要給小玟一個驚喜，那就是等他們爬到山頂之後，阿宏將掏出一枚戒指向小玟求婚。

可是讓阿宏做夢也沒想到的是，他的浪漫求婚的計劃竟然會變成一場噩夢和悲劇。

　　當他們到達山頂的時候，小玟的手機響了，小玟接起了電話，突然間天空就下起了暴雨，雷電大作，他聽不清楚小玟對著手機裡講了哪一些話。他正準備掏出戒指向小玟求婚的時候，一道閃電竟然不偏不倚擊中了小玟。

　　所有的恐怖都發生在那一瞬間，雖然閃電只是幾秒鐘的時間，但它足以讓電流穿透皮膚，對人體造成內傷，對肌肉和組織造成嚴重的燒傷。電流進入大腦，導致顱腦爆炸而造成被閃電擊中的死亡。

　　就這樣，小玟還沒有來得及聽到阿宏對她的開口求婚，就被閃電一瞬間地奪走了性命。而悲痛欲絕的阿宏怎樣都無法接受小玟在他的面前，在他的眼睜睜的雙眼之下，小玟活生生地被閃電劈死的事實。

鬼怨

第六章　裝死的遊戲

2019 年 8 月 19 日傍晚 19 時 15 分……

　　艾洛與小璐是一對大學同居的男女同學，但是小璐有一個壞毛病，每當小璐生氣的時候或是不想做家事的時候，她都會躺在地上裝死，玩起裝死的遊戲。

　　此時，艾洛就會乖乖的把家事做好，做完之後，小璐就像奇蹟一般的復活了過來。

　　8 月 19 日這一天的傍晚，艾洛像往常一樣回家，當推開了房門，看見地上小璐的屍體，艾洛對此已經習以為常，小璐又再度的裝死了。

　　看見裝死的小璐手中拿著掃把，浴室裡洗衣機上還堆著沒有洗的髒衣服，艾洛笑笑，他明白了一切。

　　艾洛笑道：「原來妳只是想要偷懶，讓我幫妳做家務事啊。」艾洛這樣想著，他熟練地把衣服洗好，地掃乾淨，還把廚房裡的髒盤子給洗了。

　　可是，這一次的謎題並沒有這麼簡單。小璐並沒有像往常一樣突然的復活起來，而是躺在地上一動也不動的，她的臉是一種古怪的青紫色，她的左手腕上有五指掐傷發黑的抓痕，小璐的手機就掉落在她的身旁。

　　艾洛意識到了什麼，他趕緊拿出手機，撥打了急救電話，救護車飛速的趕到，艾洛和醫生一起將心愛的小璐送入了急救室。此時已經是深夜，醫院的窗外，暴雨焦急地下著，艾洛坐在急救室的門口，焦急地等待著。

　　不知過了多久，門開了。醫生走了出來，艾洛連忙地迎了上去，卻沒有看到那個小璐熟悉的身影。

　　醫生說：「對不起，我們已經盡力了。」

　　伴隨著眼前的一黑，艾洛在大雨中跪下了。他的臉頰上，冰冷的雨水與滾燙的淚水相互的交織著。

　　艾洛心想：「如果我可以早一點回家的話。」

鬼怨

第七章　雲霄飛車

2019 年 8 月 24 日中午 11 時 40 分……

　　暑假的來到，遊樂園裡充滿了歡聲笑語，一切都是那麼的
歡樂。阿珠、阿花她們是大學裡的一對好友，趁暑假的時間，
她們相約到遊樂園玩。

　　「阿珠，我要坐雲霄飛車！」

　　「雲霄飛車？妳不怕嗎？」

　　「雲霄飛車很刺激，而且有安全措施，有什麼好怕的？」

　　「妳不怕，我可是非常的害怕！」

　　阿花拉起了阿珠的手撒嬌了起來：「妳是我大學裡最好的
朋友，妳不陪我去玩，那誰能陪我去玩呢？」

　　阿珠捏著阿花的小臉蛋說道：「好吧，我就捨命陪君子，
陪妳一起去玩雲霄飛車。」

　　說不害怕，那是假的。阿珠她從來沒有坐過雲霄飛車，她
的心裡十分的忐忑不安，心臟不停地噗通噗通地跳。當坐上雲

霄飛車的那一刻，阿珠的雙腿抖得不停，就像是整個人懸在半空中，隨時會墜落一般。

伴隨著尖叫聲，雲霄飛車啟動，阿珠不停地張著嘴尖叫，聲音都快要吼啞了。突然間她的手機響了，阿花卻搶過阿珠的手機，向手機裡的聲音問道。

「你是誰？」

突然間阿花的臉色變得異常的難看，恐怖的災禍伴隨的發生，隨著一陣的尖叫，緊接著一聲巨響。現場一片撕裂的吼叫聲、哭聲，所有人的目光集中在遊樂園裡的雲霄飛車。

一整列的雲霄飛車從中間斷裂，整個雲霄飛車，直接從空中摔了下來，現場死傷一片，最為恐怖的是在雲霄飛車的車架插掛變形中，除了被摔死的，不少人直接被雲霄飛車的車架穿過了身體，再從後背穿出。

最可憐的要屬於阿花了，她在高速運轉之中，頭被插掛掉了，頭飛到後山的荒野中。

　　阿珠大難不死，受了輕傷。看著身旁阿花無頭的屍體，鮮血不斷地從她的頸部湧冒了出來，她完全嚇得說不出話來，整個人驚嚇得癱瘓了。經過工作人員的尋找，仍然沒有找到阿花的頭顱。

　　韓磊出院後，回到了校園，聽說了一連串校園的離奇死亡事件，讓韓磊的心中感覺到這些事件的不單純，這些事件跟白忻的死應該有所關連，他找到了第一個發生事件的男主角－以豪……

　　「我跟警方說過了，警方卻不相信我的話，仍以李娜跳樓自殺作為結案。但是我知道，李娜絕不是自殺結束生命的。」

　　「她不是自殺死的？」韓磊聽到這個消息，感到萬分的吃驚：「你說李娜她不是自殺死的，那她是誰殺死的呢？」

　　以豪咬著下唇：「這一切都要從李娜接到那通奇怪的電話開始，李娜接到那電話的時候，神情變得異常的恐懼，她好像看到了什麼奇怪的東西？當我轉頭一看，一道白色的影子從我

的眼前消失。接著李娜的右手腕出現了紫青色的五爪抓痕，好像有人拖著李娜往欄杆衝去，接著李娜就墜樓身亡。」

以豪拿出了一支摔得破碎的手機，他對韓磊說：「這是我從現場偷偷藏起來李娜的手機，螢幕雖然摔碎了，但裡面的訊息依然就可以讀取，這就是李娜死之前，打給李娜的那一支電話號碼。」

看到了電話號碼，韓磊感到吃驚，他拿出白忻生前所遺留下來的手機，讀取裡面的通話紀錄，居然在白忻死之前，有同樣的電話號碼打給了白忻。

「這太不可思議了，白忻跟李娜並不相識，為什麼會有同樣的電話號碼在她們死之前打給她們呢？」

「究竟是誰打電話給她們的呢？」

接著韓磊找到了阿航的哥哥、阿宏、艾洛、阿花，他們都有同樣的說法，在所有離奇死亡的人，他們在死亡之前，都曾經接過一通莫名的電話，韓磊比對了電話號碼，所有人所接到的都是同樣電話號碼的電話。

一個未曾見過的電話號碼，將所有互不相識的人的死亡事件連結了在一起，韓磊相信，白忻的死，與這一支陌生的電話號碼，一定有絕對的關係。

第八章　活不過十二點

2019 年 8 月 30 日下午 17 時 30 分……

　　韓磊坐在桌子前面發呆，他看著白忻所遺留下來的手機，回想著他與白忻之間過去所發生美好的故事。想到白忻的死，他心有不甘，他做出了結論，只要接到那電話號碼的人，就會死於非命。

　　那支電話號碼，究竟是誰打過來的呢？他究竟是誰呢？

　　韓磊忘不了對白忻的愛，他下定了決心，為了要查出白忻的死因，他要回撥這一支陌生的電話號碼。

　　「反正我的生命就快要結束了，我注定活不過今年的冬天，為了查出白忻的死因，就用我的生命作為賭注吧。」

　　韓磊在房間內裝了多台的攝影機，並告訴他的朋友，如果他不幸死亡的話，就將攝影機所拍攝到的內容，公諸於世。

　　韓磊坐在桌前，深深地吸了一口氣，他拿起了白忻的手機，回撥了那一支恐怖的電話號碼。那一邊電話響了許久，始終沒

有人接通，韓磊的呼吸也越來越急促，心跳也越來越加速，終於…電話接通了……

韓磊從另一頭沒有聽到任何人回音，就像是死亡前般恐怖的寧靜，韓磊不禁吸了一口氣，發聲的問道：「你是誰？」

電話的那一頭終於回答了，手機裡所傳來的聲音，那絕對不是人類的聲音，那是極度恐懼驚駭令人驚恐最讓人毛骨悚然的聲音……

「你是韓磊吧……？」

韓磊感到吃驚：「你究竟是誰？你怎麼會知道我的名字呢？」

「韓磊，你相信你還能活過今晚的午夜十二點嗎？」

韓磊吃驚地問道：「你究竟是誰？你怎麼能對我說出這樣的話？」

寧靜死寂了一分鐘，一秒一秒有如度日如年般的恐懼，韓磊全身不禁冷汗狂流，所有的衣服都被汗水浸濕了。

手機裡的聲音如沙啞般的緩慢著回答，道出可怕的訊息……

「我……是……鬼……，一個專門殺人的鬼……」

聽到了「鬼」字，韓磊完全嚇傻了，韓磊萬萬沒有想到，殺害白忻的兇手，竟然是鬼……

恐懼的韓磊，立刻將電話給掛斷，他看看了四周，一切都恢復了寧靜，一點聲音都沒有。

「真的嗎？我剛剛真的跟鬼通了電話嗎？」

「剛才他說我活不過午夜的十二點，難道說……他想要殺我嗎……？」

韓磊看了所有的拍攝攝影機，並沒有拍到任何鬼的影子，所錄下來的聲音，也只有韓磊他的聲音，手機裡的聲音是錄不到的。

「這也不能成為證據，如何證明是鬼殺了白忻呢？」

　　折騰了一晚，韓磊真的累壞了，他倒在床上就睡著了。當醒來之後，他想爬起來，卻發現自己的手腳卻動彈不得。他可以感受到，有像有一把刀，從自己的胸口一直劃到肚臍。

　　韓磊告訴自己，這是一場夢，可是身體上傳來的痛楚卻是那麼的真實。只見一隻無名的手將韓磊的肚子緩緩的拉開，那隻手伸進了韓磊的肚子裡，然後猛地一拉，韓磊「啊！」的一聲尖叫。

　　當韓磊醒來的時候，擦了擦頭上的冷汗：「原來真的是一場夢……」

　　韓磊深深的鬆了一口氣，可是肚子上卻傳來一陣痛楚，韓磊呆住了，難道剛才那個夢是真的？他低頭一看，發現自己的肚子上有五道抓痕。

　　韓磊嚇到了，他只想趕快地逃離這裡，看看牆壁上的時鐘，竟然是午夜十二點了。

　　進入了電梯，韓磊感覺到不對勁，電梯裡面的味道，跟白忻死前房子裡面的味道是一模一樣的，令人有噁心的感覺。韓

磊趕快按電梯向下，電梯卻緩緩的向下移動，到了一樓，韓磊趕緊衝出了電梯口，大廳裡的警衛卻不見了，四周卻是空無一人。韓磊狠狠的咽了一口口水，韓磊這時候有點懵了，他趕緊往大樓的大門口跑去。

可是他不管怎麼跑，怎麼也跑不到大門口，而是……，每次都回到了電梯的門口，韓磊害怕極了。當進入電梯的時候，電梯緩緩地往上升，電梯裡不知道什麼時候多了一個穿著白色衣服的人影，他背對著韓磊，韓磊他早就嚇壞了，全身不停的發冷顫，全身都是冷汗。

那個穿著白衣的人，緩緩的轉過了身子，他的臉竟然是一臉的蒼白，毫無血色，白得可怕，眼睛是深奧黑色的洞窟，完全看不見眼球，他的嘴角掛著一縷的鮮血，而手中拿著一個什麼東西，那個東西竟然還在噗通噗通的跳動著，那竟然是一顆心臟，就像是剛被挖出來的心臟。

　　突然間電梯快速的移動，5層、6層、7層……，不斷快速地上升，好像要飛到天空，接著……，韓磊發出無限驚吼的叫聲……

鬼怨

Part II

第九章　厚德路雙屍命案

　　深夜裡，在厚德路上，一對年輕的男女在床上無限的纏綿，他們唇舌交加，熱汗淋漓，四肢緊緊地纏綿在一起，在經過無限的激烈的運動之後，少男滿足地倒臥在少女的身旁。

　　少男深情的看倒臥在自己身邊的少女，少女的臉上充滿著冒著細汗紅暈的臉龐，有如水蜜桃般的滋潤。此時少男感受到的幸福的感覺，是無法言喻的，少男深深地感覺到，他是如此的愛著眼前這個少女，彷彿他就是全世界最幸福的男人了。

　　半夜裡，熟睡的兩人，緊緊的抱在一起。一通手機電話的聲響驚醒了少男，少男心想，究竟是誰在半夜裡打電話給他呢？他接起了電話，一道陰森的聲音傳到了他的耳裡，彷彿是向他訴說著不可告人的秘密，少男的眼神突然間變得迷惘，他的雙眼變得空洞而深邃，完全看不見眼球。

　　迷惘的少男，他走進了浴室裡，將鐵架上的鋼管給拆了下來，再迷惘地走到少女的身前，雙手輕輕地撫摸著少女的肚皮。突然間一道的猛刺，鋼管猛力地刺進了少女的肚子裡，少女痛得驚醒，看見自己肚破腸流，鮮血流滿了整個床笫。

　　少女沾滿鮮血的手，痛苦地看著眼前已經失神的少男，她緊緊地抓住少男的手腕，哀慘的問道：「親愛的，你在幹什麼……？」

　　少男完全失了神，他不理會少女求救的聲音，只是殺紅般的雙眼，不停地猛刺，用力的猛刺，鋼管一道一道的猛刺，直到少女肚爛腸穿，直到少女完全斷氣為止。

　　當少男清醒過來的時候，他看見眼前的畫面，與自己沾滿鮮血的雙手，他感到驚訝不已，他完全的不敢置信，他居然親手殺死了他最心愛的女人……　痛苦萬分的少男拿起了鋼管，朝自己的喉嚨，猛刺了下去。

　　新北的少男少女雙屍命案，年輕的男女雙雙殉情在厚德路裡，這個案件驚動了整個台灣。

鬼怨

第十章　鬼月情人節

農曆的七月七日，鬼月裡的七夕，是中國的情人節，也是男女朋友互吐相愛戀情的重要日子。

他，鍾碩，她，尹瓔，兩個人從幼稚園就是同班同學，兩人無話不說，直到大學，兩人一直都是同班最好的朋友。

小時候鍾碩還只是個天真無邪的陽光小黑炭，而尹瓔是個外向活潑的小女生，鍾碩幼稚園就開始與尹瓔同班，尹瓔是那時候的班長。中午午覺時都是大家帶著睡袋，然後照著男女男女這樣交叉的睡，又很剛好的尹瓔睡在鍾碩的旁邊，自然而然他們的感情真的好到不能再好了。

有一次幼稚園裡的一個小屁孩對鍾碩說：「你跟尹瓔這麼的好，男生愛女生，羞羞臉。」

然後班上的小朋友們就跟著起鬨，鍾碩就很不爭氣的哭了，這時候尹瓔突然的說：「安靜啦！不要再吵了！我要跟老師告狀喔！」那時候鍾碩突然覺得尹瓔好帥啊。

幼稚園快畢業，拍畢業照的時候，老師沒有把尹瓔排在鍾碩的旁邊，鍾碩居然當場哭給老師看，老師也整個人傻眼了。

上了國小後，他們的關係也是好到讓大家都以為他們是親生的姐弟。

　　鍾碩打從心中，是非常的喜歡尹璦，但是長大的他卻不敢向尹璦告白，他知道尹璦是見一個愛一個的女人，她的男友換得不停。一旦雙方成為了男女朋友，又能交往多久呢？一旦分手之後，可能連朋友也做不成，到那時候他想再見尹璦的面，也可能就見不成了。

　　但是鍾碩對尹璦的愛，是越來越深，他是越來越愛尹璦，愛到了無法自拔。他決定要豁出去了，他要向尹璦告白，就在鬼月中國情人節七夕的這一天，他相約尹璦與朋友們一起去小琉球玩。

　　位於屏東東港西南方的小琉球，是台灣離島中唯一的珊瑚礁島，島上有名的天然奇景－"花瓶石"是觀光客必遊及攝影留念的地方，"落日亭"是全台最佳欣賞落日的景點，啟人遐思的古蹟"美人洞"，以及島上最具盛名的觀光勝地"烏鬼洞"

景觀奇特，讓人嘆為觀止。此外有小琉球威尼斯沙灘美名的"蛤板灣"，還有可以戲水、浮潛的中澳沙灘等等，大自然鬼斧神工創造了島上的奇岩，讓人驚喜之餘，也讓人飽嚐了一場天然的藝術饗宴。

　　初次踏上了小琉球，兩人立刻被湛藍的海洋閃得五體投地，萬萬沒有想到離台灣如此近的小島竟是如此的美麗。

　　浮潛找海龜，雖然只有看到三隻小海龜。蛤板灣海岸，傳說中的秘境，但是一點都不秘境呀，人潮超多的。這裡的海水真的太清澈太美了，難怪很多人都會來這裡踏青，小琉球的海水真的很乾淨，真想給他跳下去玩啊。

　　相思麵，顧名思義就是讓人吃完會懷念的麵。使用柴火燒製讓麵帶點柴香味，再搭配相思辣椒，整碗麵好有層次感。再來一份炸小琉球肉丸，酥脆多汁，真的好好吃。餐廳裡人潮真的很多，一大群人在夾縫中求生存，不過大家真的很厲害，天氣熱在這樣環境下依然吃得津津有味。

　　兩人在小琉球上玩得不亦樂乎，真是快樂的時光啊，鍾碩決定在七夕今天夜晚到來的時候，也就是牛郎星與織女星相會的時候，他就要向尹璦訴說他對她的癡戀之心，他要向尹璦告白。

　　新的颱風突然間迅速地在台灣的外海形成，台灣南部發布了海上颱風警報，瞬間小琉球的對外交通工具全面的停駛，遊客只能滯留在小琉球的島上。

鬼怨

第十一章　小琉球殺人事件

晚上 6：41 分……

　　到了夜晚，在小琉球上驚傳了第一起的殺人事件，一對到小琉球遊玩的情侶，女方殺害了自己的男朋友，當朋友們聽到了尖叫聲後到現場查看時，沒想到女方不但大方的承認行兇，還揮刀向朋友們刺殺，嚇得朋友們趕緊報警處理。

　　當警方到達的時候，發現男友的屍體被浸泡在不明的液體裡，女方的刀子上還沾滿血跡以及人體的組織肉碎。

　　這件殺人事件迅速的驚動了所有小琉球的居民與遊客們，人與人之間口耳相傳，為寧靜的小琉球帶來了第一道的血腥。

晚上 7：05 分……

　　年輕的情侶喬與小米，兩人突然間發生了激烈的口角，一氣之下喬將小米撲倒了，他整個人壓在小米的身上，不停地蠕動著。

喬不甘心就這樣放過小米，他拿著刀當場刺死了小米，並在小米死亡之後，用鋸子把她的腦袋鋸開還挖出了大腦與腦髓，還笑道：「不知道小米的腦袋裡裝得是什麼東西？她的個性怎麼會那麼的騖呢⋯⋯？」

當警方到達的時候，警方大聲的怒斥：「怎麼會有這麼沒人性這麼殘忍的人呢？」

晚上 7：12 分⋯⋯

在一間民宿，警方接受到了報案，獲報有女子遭受到男友的殺害。數名的員警緊急地聚集在民宿的外頭，拉起了黃色的封鎖線，現場瀰漫著一股詭譎的氣氛，因為在一個小時之前，警方接獲到報案指說有女子被砍殺，趕到現場查訪，卻發現蘇姓女子已經死亡，而躺在一旁的男子，他身上也有刀傷。

警方破門而入，看見房間裡兩人躺臥在床上，四十歲的蘇姓女子已經明顯的死亡，但初步沒有發現明顯的外傷，而躺在

一旁的二十歲黃姓男子，脖子、全身都有刀傷，生命跡象微弱，警方立刻將他送醫搶救。

　　兩人相差二十歲，是情侶關係，女方從事特殊行業，現場沒有發現遺書，但初步排除有外力介入，目前警方研判疑似是感情糾紛，導致黃姓男子失手殺死了女友後，然後再自殘。

　　晚上 7：41 分⋯⋯

　　鍾碩一群人來到了小琉球著名的海鮮餐廳，除了尹璦之外，這個旅行團還有好幾對情侶，他們都是鍾碩與尹璦的好友。他們暗中知道鍾碩的秘密計劃，參加這一次的旅遊，就是特地來為鍾碩的求愛計劃幫腔的。

　　蜂巢蝦，是來到小琉球必吃的料理。當餐廳服務人員將它端上桌的時候，鍾碩整個人看傻眼了，看上去真的有點蜂巢的感覺。朋友就拿了湯匙去切，一下子就碎碎了，這未免也太酥了吧？

用湯匙將蜂巢蝦切開後，發現裡面藏了大量的鮮蝦，好特別的做法，在台灣好像還真的沒有吃過類似像這樣的料理。鮮蝦幾乎每口都吃得到，餐廳用料不手軟，可以直接配飯吃，但是這樣還不夠美味。餐廳還會附贈一大盤的生菜和泰式酸甜醬，最讚的吃法就是用生菜包裹著蝦仁後，再加上泰式酸甜醬，第一口是很酥脆的口感，接著就是蝦子的彈牙與泰式酸甜的口感，真的是好好吃啊！

正當大家吃得不亦樂乎的時候，坐在鍾碩的對面，同行的阿泰，突然間他的手機聲響了。阿泰接起了電話，聽到電話裡的聲音，瞬間他的臉色大變，突然間變得死氣沉沉，臉上毫無表情，就好像變成一個死人一樣，他的全身冷汗直流。

旁邊的朋友們虧他：「怎麼呢？阿泰？難道你是接到小三的電話？怎麼突然間臉色變得如此的難看呢？」

阿泰的女友小芬就坐在他的旁邊，不禁嘲笑著：「我的阿泰長得那麼的醜，怎麼會有小三呢？除了我之外，正常的女人根本瞧都不瞧他一眼」大家聽得哄堂大笑，笑聲不斷。

突然間阿泰站了起來，他走進了廚房，從廚師的手中搶走了菜刀，然後走到外面的食堂來。看見阿泰的手中握著菜刀，眾人大吃了一驚。

「阿泰，你想要幹什麼？」

「小芬，我要殺死小芬……」這種話竟然從阿泰的口中說出.

「阿泰，你是瘋了嗎？小芬剛才說的只不過是玩笑話，說你醜，你犯得著那麼生氣嗎？」

「我愛小芬，所以，她必須死……」

「什麼？！！！」

阿泰拿起了菜刀，快速地衝向小芬，舉起了菜刀，就是瘋狂的一陣亂砍。在緊急的時刻，幾個大男人抓住了阿泰，阻止了這一次的屠殺發生。

「阿泰！你是瘋了嗎？小芬是你愛的人，你為什麼要殺她呢？」

「我愛小芬，所以我要殺她！」

　　阿泰不斷地瘋狂的大叫，並且不斷地掙扎，同行的人與餐廳裡面的人只好用繩索將阿泰綑綁了起來，並用毛巾塞住了他的嘴。阿泰的女友小芬她萬萬地不敢相信，阿泰竟然要殺她，阿泰突然間就像是變了一個人，竟然變得如此的殘暴……

　　十幾分鐘之後，警察到來，問明了緣由，不禁嘆聲地說道：「又是情侶間的殺人事件？幸好有你們的制止，這一次只是一個殺人未遂的案件。」

　　「警察阿北，你在說什麼？什麼又是情侶間的殺人事件？難道其他的地方也發生了同樣的事情嗎？」

　　警察說：「難道你們不知道嗎？小琉球的這一個晚上，已經發生好幾起的情侶間的殺人事件，這是一個不寧靜的夜晚，海上的颱風警報響起，小琉球對外的所有交通中斷。晚上又發生好幾起的情侶間的殺人事件，不是男友殺死女友，便是女友殺死男友，我們警方光處理這一些事件，忙都忙死了。」

　　鍾碩等人面面相覷，互相看著對方：「互相相愛的人，為什麼要殺死對方呢？這豈不是太可悲了？」

警察笑道：「你們問我這些問題，我怎麼會知道呢？我已經是阿北一個，對你們這些年輕男女之間的愛恨交葛，自然是不明白的。」

「你們的朋友阿泰，我會先帶回警局，可能可以查出個所以然？」

看見阿泰被警察帶走，眾人面面相覷，沒想到這樣的事件會發生在他們的身上。最緊張的人是鍾碩，今晚他對尹璦求愛的計劃，應該不會因此受到影響吧？

「剛才那個警察阿北說的是真的！」與鍾碩同行的建志說道。

「你在說什麼？警察阿北…說的是真的…」

「在網路上，有許多人紛紛的留言，小琉球的今天晚上，已經發生了好幾起的殺人事件，而且都是情侶之間的殺人事件。」

　　鍾碩等人也用手機登上了網路，臉書、LINE、PPT……，
網路上聊天的人越來越多，有不少人是親眼目睹了殺人事件的
過程。

　　「一向平靜的小琉球，從未發生過殺人事件的小琉球，為
什麼會突然間發生那麼多起的殺人事件呢？」

　　「我們聽到了尖叫聲後到現場查看，那一個女的竟然承認
殺死了自己的男友，還把她的男友的屍體浸泡在不明液體裡面，
她手上的刀子上沾滿了血跡，她還揮刀向我們刺殺。」

　　「喬與小米兩人突然間發生了激烈的口角，一氣之下喬他
拿著刀刺死了小米，並在小米死亡之後，用鋸子把她的腦袋鋸
開，還挖出了大腦……」

　　「警方破門而入，看見房間裡的兩人躺臥在床上，女子已
經明顯死亡，但初步沒有發現明顯的外傷，而躺在一旁的男子，
脖子、全身都有刀傷，生命跡象微弱，警方立刻將他送醫搶
救……」

　　「……」

　　網路上的留言越來越多，小琉球上發生的殺人事件也越來越多……

　　突然間，尹瑷抱緊了鍾碩，她全身的冷汗不停的直流：「為什麼突然間會發生那麼多起的殺人事件呢？鍾碩，我的心中好恐懼……好害怕啊……」

　　鍾碩也抱緊了尹瑷，摸摸她的臉：「妳不要害怕，我是妳最好的朋友，我一定會保護妳，一定不會讓妳受到任何的傷害的。」

　　晚上 10：00 分……

　　終於到了告白的時刻了，鍾碩精心地安排了一個告白求愛的橋段。浪漫是每一個女孩所嚮往的，每當看到螢幕裡偶像劇告白的場面，女孩們就變得熱淚盈眶，感動不已。

　　鍾碩跟住宿的酒店老闆商量了，在這個重要的時刻，會播放著尹瑷最喜歡的音樂，佈置著似曾相識的場景，準備了一束

玫瑰，一枚戒指，鍾碩要向尹瑗鄭重的表白。鍾碩心想：這樣的驚喜這樣的感動一定能融化尹瑗的心。

同團的友人讓尹瑗驚喜不斷，阿泰的事件並不影響這一次鍾碩求愛的計劃，友人一次一次的引導著尹瑗走進鍾碩的驚喜佈局，而每一次的驚喜就是一次一次的感動。

在酒店的咖啡廳裡，當尹瑗到來的時候，卻發現鍾碩並沒有出現，看到的是鍾碩留給她的一張小紙條：「尹瑗，我為妳點了一首歌，送給妳。」

這時候咖啡廳裡響起了尹瑗最喜歡的浪漫歌曲，歌曲播放完畢之後，尹瑗又收到了鍾碩的 LINE：「尹瑗，我在酒店的大廳裡等妳，我為妳準備了一份驚喜。」

當尹瑗走進大廳，並沒有發現鍾碩，只看到大廳的桌子上，鍾碩為她準備的一束大大的玫瑰花和一張卡片，卡片上寫着：「尹瑗，我愛妳，妳願意當我的女朋友嗎？如果願意，我就在妳的身後。」

　　當尹瓔轉身的時候，發現鍾碩正一步一步地向她走過來，在尹瓔的面前，鍾碩單膝跪地獻上他特別為尹瓔定製的戒指。

　　尹瓔感到很吃驚，她問鍾碩：「你是認真的嗎？你曾經跟我說過，我們這一生都要做最好的朋友。如果我做了你的女朋友，萬一我們分手，可能連朋友也都做不成了。」

　　鍾碩對尹瓔說：「我的這一生，從來沒有像現在這麼的認真過。尹瓔，我是真的愛妳，我每一天每一個夜晚，每一個時刻，無時無刻都停不住的思念妳。我不要再當妳的好朋友了，我要當妳的愛人，我要緊緊地將妳擁進我的懷裡，深深的親吻妳。即使只有剎那的時間，我也要將妳深深地刻印在我的心坎裡，直到天荒地老，直到海枯石爛，我就是要愛妳。」

　　這時候朋友們一個一個走進了大廳，紛紛地向兩人鼓掌了起來，眾人對尹瓔說：「尹瓔，答應鍾碩，做鍾碩的女朋友！」

　　尹瓔的心裡非常的矛盾，她不知道該不該答應鍾碩？她並不是不喜歡鍾碩，而是她知道自己的個性，她無法定下來，她無法愛一個男人太久，所以她才會男友換得不停。

如果她答應了鍾碩做他的女朋友，萬一分手的話，她該怎麼辦？兩人可能連朋友都做不成，她不能失去鍾碩這一個……她這一生最好的朋友……

鬼怨

第十二章　暴徒瘋狂殺人

就在尹瓓猶豫不決的時候，大廳裡發出了一陣的驚呼聲，一個全身血淋淋的女子，她狼狽地走進了酒店的大廳，她向眾人求救……

「殺人啊……，救命啊……」

眾人跑到大門與窗戶的旁邊，隔著玻璃向外面大街的方向觀看，外面的世界已經徹底的改變，外面的世界變得十分的混亂，有數十個人，他們手持尖刀，看見人就砍，看見人就刺，好像瘋了一般……

此時一名警察出現，他拿著槍指著瘋狂殺人的人群，不停的怒吼：「不要動！你們不要再殺人了！不然我就開槍射擊！」

那些殺紅眼的瘋狂人群，似乎已經變得完全的瘋狂，他們完全聽不懂警察所說的話，一股腦的往警察的方向衝了過來。

「你們不要再衝過來了！我要開槍了！」

那名員警查扣板機擊發，射中一名持刀的人。那個人身上的血不停地噗噗地直流，卻好像一點也不感覺到痛的樣子，只是拼命地向員警的方向衝了過來……

「可惡，這些人是瘋了嗎？被槍射中，他不感覺痛嗎？他們是不要命了嗎？」

突然間，一個持刀的人跳到警察的身上，一下子就是兇狠的一刀，刺進了那名員警的腦門裡，大量的鮮血隨著腦髓瞬間噴發，員警瞬間臥到在血泊之中……

酒店裡面的人們，看到這一刻，所有人嚇得說不出話來：「殺人了……」

那一群瘋狂殺人的人，似乎注意到酒店裡面有人，一群一群持刀的人，往酒店的方向快速地奔跑了過來……

晚上 10：25 分……

針對小琉球上的眾發的殺人事件，網路上的留言越來越多……

「現在的小琉球就像是一座孤島，對外的交通一律停駛，島上的人離不開小琉球。」

「在島上的死亡人數越來越多，聽說已經有數十人已經被瘋狂的暴徒給殺死了。」

「聽說，有人接到了莫名的電話，就會變得瘋狂，就會殺人。」

此時有人在網路上寫道：「電話……？請大家趕快通知現在在小琉球的人，來自莫名的電話，千萬不能接，否則會死人的。」

「死人？怎麼說？難道說接一通電話就會死人嗎？」

「那可不是一般尋常的電話……，那可是……那可是……來自鬼打來……的電話啊～～」

「鬼？你怎麼會知道那是來自鬼打來的電話呢？」

「因為……因為……，我曾經撥過那通電話，我是一個天生患有囊狀纖維化症的患者，我的女友白忻也是因為接了那通電話而死的，我的名字……叫做……叫做……韓磊……，我是唯一接過那通電話……活下來的人……」

「什麼？」

晚上 10：41 分……

　　街上那一群瘋狂殺人的人，已經注意到酒店的裡面有人，一群一群持刀的暴徒，往酒店的方向衝了過來……

　　包含鍾碩在酒店裡面的人，他們的心情是異常的緊張，那可是一群殺人不眨眼的暴徒，他們已經瘋了，他們已經殺紅了眼。

　　「快將大門、窗戶給關起來！鎖起來！不要讓暴徒衝進酒店大廳來！」

　　但是時間已經來不及了，那一群殺人鬼，用拳頭與利器快速地擊破大門與窗戶的玻璃，他們好像完全不感覺到疼似的，一個一個暴徒衝進了酒店的大廳。他們見人就砍，見人就刺，整個大廳裡陷入了一片的混亂……

　　鍾碩他緊緊抓住尹瑗的手，一點也不敢鬆開，他知道如果他現在鬆開尹瑗的手，尹瑗鐵定會被暴徒給殺死。

　　「快逃！快逃向樓上的房間！將房間的門給反鎖起來！」

鍾碩緊緊地拉著尹瑷的手，拼命地往通往樓上樓梯快跑，死命的跑，連爬了好幾層樓，衝進了自己的房間，緊急的將房門關上，反鎖了起來。

鍾碩的心跳變得好快，他不知道到底發生了什麼事？為什麼突然間出現了那麼多殺人的人呢？尹瑷在一旁，只是不停的哭泣，她的眼淚掉得不停，心中止不住的害怕，她的身體不停的顫抖。

「他們……，為什麼要殺人？」

鍾碩整個人已經驚嚇得說不出話來：「我也不知道，總之，我們不能走出這間房間，也不能任意的開門讓人進來。在這一間酒店裡，到處都充滿了殺人的暴徒。」

尹瑷緊緊地抱住鍾碩，她的身體顫抖得不停：「鍾碩，我好害怕，我不想死啊！」

鍾碩撫摸著尹瑷的臉龐，擦拭著她的眼淚，輕輕地說道：「放心，尹瑷，我一定會用我的生命來保護妳，我一定不會讓

那些殺人鬼衝進到這個房間裡面，我會用我的命來保護妳的命！」

　　鍾碩的心中盤算著：「要想活下去，就要先知道，到底究竟發生了什麼事？那些殺人鬼，究竟是從哪裡冒出來的？」

　　晚上 11：02 分……

　　那一些瘋狂殺人的人，他們已經殺到失去了理性，他們見人就殺，見人就砍。他們在酒店的樓層，一個一個房間敲門，一些原本在房間裡面休息的房客，他們不知道樓下大廳裡究竟發生了什麼事？

　　聽到了敲門聲，就打開了房門，一群殺人鬼就衝進了房間，瘋狂的刺殺，瘋狂的殺人，殺到鮮血淋漓亂噴，殺到粉身碎骨。

　　鍾碩聽到四起的哀嚎的聲音，他的心中就直發毛，他知道他們的時間不多了，若是殺人鬼硬是破門而入，他又能抵擋多久呢？他知道，他必須要向外面求救，否則他跟尹瑷，他們都會死的。

而現在在他的身邊，只有一支手機，他必須利用手機向外界求救，他撥了110向警方求救，看來求救的電話已經塞爆了，他撥了好久才撥進去。

「我人在小琉球，這裡出現了許多的殺人的暴徒！」

「我幫你轉接到小琉球的警局，讓小琉球的警方協助你們。」

「別說屁話了，小琉球的警察才多少人呢？我就眼睜睜地看見一個員警在我的眼前，被暴徒給活生生的殺死。」

「我們警方知道，但是海上的颱風警報已經響起，颱風已經逼近了小琉球，小琉球上所有對外的交通都已經停駛了，本島的警察沒有交通工具可以前往小琉球。等到颱風警報解除，我們警方會立刻派霹靂小組前往小琉球。」

「屁話！都是屁話！等到那個時候，小琉球上所有的居民與遊客，早就被那些暴徒給殺死了！」

聽到這裡，鍾碩的心在泣血，這一些政府機關，怎麼可以這樣的麻木不仁呢？

第十三章　厲鬼報復

　　鍾碩快速地滑動著手機裡的網頁，希望能找到求救的方法，突然間他看見有人在臉書裡寫道：「在小琉球裡的朋友，你們千萬不要接不知名的電話，一定不能接，否則會死人的。」

　　看到這句話，鍾碩的心裡感到十分的震撼，那個人為什麼會留下這樣的話語呢？

　　他快速地在這個訊息下留言，希望能找到與這個人溝通的方法：「你在臉書上的留言是什麼意思呢？我的名字叫做鍾碩，我現在就在小琉球上，我們命在旦夕，我們躲在酒店的房間裡，在酒店到處都充滿著殺人的暴徒。」

　　鍾碩留言之後，新的留言迅速的進來：「你好，很高興認識你，我的名字叫做韓磊。」

　　「韓磊，你為什麼留下那樣的話語？為什麼叫我們不要接不知名的電話，否則會死人呢？」

　　「你到現在還不知道，為什麼小琉球發生那麼多起的殺人事件吧？」

「難道說小琉球發生多起的殺人事件跟接到不知名的電話有關？」

「沒錯！因為那是來自鬼打來的電話……」

「什麼？！！！那是鬼打來的電話？」

鍾碩想起了今天阿泰發生的事，阿泰就是接了手機的電話，整個人臉色大變，連他心愛的女友小芬都敢殺？難道韓磊所寫的留言都是真的？那真的是鬼打來的電話嗎？

韓磊在臉書的留言板上上傳了一些照片，包含他已經死去女友白忻的照片。

「我的女友白忻暴斃在自己的房間內；李娜從教學大樓一躍而下，摔得粉身碎骨；新生阿航被倒下來的蔣公銅像砸死；男大生阿凱因為吃蟑螂而暴斃；情侶小玟被閃電劈死；小璐在家裝死送醫不治；阿花因為雲霄飛車斷裂，連頭被插掛掉了……」

「這些所有死的人，都有相同的一個特點，就是在他們死之前，都接到來自鬼打來的電話。」

「你是說，只要接到鬼打來的電話的人，就會死？」

「沒錯！」

鍾碩感到疑問：「不對啊，在小琉球上發生的案例並不是如此，我親眼看見我的朋友阿泰接了電話，他並沒有死，而是要殺死他的女友小芬啊！」

「只能說，這個鬼變得變本加厲，就在鬼月七夕情人節的這一天，他要接到電話的人，殺死他最心愛的人，這就是鬼的報復！」

「什麼？！！！殺死自己最心愛的人？」

在鍾碩的心中，產生許多的疑問，他不禁好奇的問：「你說接到鬼電話的人⋯⋯都會死？那些人都已經死了，你為什麼知道他們在死前接到鬼的電話呢？」

「因為⋯⋯因為⋯⋯，我也曾經接通過那一通電話～」

「什麼？！！！你曾經接通過來自鬼的電話，你說過，只要接鬼電話的人都會死，那你為什麼沒有死呢？」

「大概是，我跟其他人通話的方式不同吧？其他人都是鬼打電話給他，而我是主動打電話給鬼。我為了尋找我的女友白忻的死因，所以我冒著生命的危險，主動打電話給鬼。」

「後來發生了什麼事？你為什麼沒有死？」

「我不知道鬼為什麼不殺死我？但是我能確定一件事，撥電話給他，就一定能見到鬼，我在電梯裡見到了鬼，他是一個非常恐怖的鬼，我當場嚇得昏死了過去。當我醒過來的時候，我發現我沒有死，我不知道，鬼為什麼不殺死我？但是，我終究活了下來。」

鍾碩繼續的在臉書上留言：「我現在的處境是相當的危險，在酒店裡，到處是殺人的暴徒，暴徒遲早會闖進到我這個房間，我和我的女友尹瓔，遲早會被暴徒給殺死，我該怎麼做呢？」

「警察呢？聯絡警察去救你們啊！」

「颱風逼近小琉球，小琉球上所有的對外交通已經中斷了，光是小琉球上的警力，他們自顧都不暇了，根本無力保護我們，我們該怎麼辦？」

「我，我，也不知道怎麼辦？」韓磊在臉書上寫道。

鍾碩陷入沉思：「你說過，只要主動打電話給鬼，就能見到鬼……」

「你認為見到鬼？就能阻止鬼嗎？就能救你跟你女友的性命嗎？」

「你不是就這樣子活了下來了嗎？」

「或許情況會變得更糟，你知道其他接到電話的人，他們要殺死自己最心愛的人，才會停止他們的狂性，如果你接通了那一通電話，難道你要眼睜睜地看著自己殺死你最心愛的女人嗎？我是過來人，我知道心愛女人死了之後的痛苦，那是非常非常的痛。」

「我知道，但是我現在已經沒有其他的辦法，那些殺人的暴徒，隨時都會闖進來，我跟尹瑷的命在旦夕，我必須要賭上一把。」

「請你給我那與鬼聯繫的電話號碼。」

「好的，我知道了，我給你電話號碼。」韓磊沉重的寫道。

「電話號碼給你了，你一定小心謹慎的使用。」

鍾碩看著韓磊傳來的電話號碼，整個人變得若有所思，他該不該主動地打電話給鬼呢？

萬一他像其他人一樣，被鬼控制失去了理性，尹璦就在他的身邊，殺死自己最心愛的女人，如果他殺死了尹璦，他一定不會原諒自己，一定一定永遠不會原諒自己的……

鬼怨

第十四章　停止了心跳

晚上 11：39 分……

　　從門外傳來急促的敲門的聲音，鍾碩他知道，這一群殺人的惡鬼已經找上門了，他們遲早會衝進這一間房間，殺死自己與尹瑷。為了保護尹瑷，他必須要賭上一把，他用手機撥向那一通來自鬼的電話號碼。

　　「嘟……，嘟……」

　　電話接通了，鍾碩眼前的場景迅速的變化，原本在他身邊的尹瑷已經消失不見了，只剩下他一個人留在空盪盪極為陰森的房間裡。

　　一開始只是聽到聲音，從天花板傳來清脆的滴水聲，接著是女人的尖叫聲穿刺了他的耳膜。鍾碩努力的睜開雙眼，發現有一個雙眼空洞白色長髮臉色極為蒼白的女人在黑暗之中隱隱的出現，她慢慢地走向鍾碩，她用極為沙啞的嗓音對鍾碩說道：「你就是鍾碩？是你打電話給我？」

　　鍾碩感到極為害怕，他全身冷汗直流，全身的衣裳已經被冷汗浸濕，他用極微顫抖的聲音問道：「妳就是韓磊所說的那一個鬼？」

　　白色長髮的女人走向前一把抓住了鍾碩的手，鍾碩感覺到有一股電流通過他的身體，彷彿自己附在另一個人的身上，她的脖子被緊緊勒住，快要不能呼吸了，還不停地把她的頭按入了水中……

　　鍾碩想喊救命，但是叫不出聲音來，就像凶殺案的現場那樣，紊亂的血漬染紅了畫面，鍾碩正經歷著她被虐殺的過程，彷彿她身上每一吋的傷痛都伸手可觸……

　　在那一個時刻，鍾碩終於終於瞭解，鬼為什麼要殺人了？他能完全地感受到鬼那極度的痛苦，那個鬼是如何的虐殺而死的。

　　可怕的鬼對鍾碩說：「如果你想繼續活下去，你想保護你所愛的女人尹璦的性命，你就必須殺了我，用你的雙手緊緊地掐著我的脖子，直到我完全斷氣為止。」

　　鬼抓住鍾碩的手，放在自己的脖子上，她要鍾碩掐死她。
鍾碩為了活命，只有用力的掐，死勁的掐。

　　就在鬼快要斷氣的那一刻，鬼的容貌漸漸的改變了，她居
然變成了尹瓔的容貌，她不是鬼，她是尹瓔啊⋯⋯

　　快要斷氣的尹瓔雙眼泛著眼淚，她臉色極為蒼白的看著鍾
碩，問道：「你為什麼要掐死我？你不是要我做你的女朋友嗎？」

　　此時尹瓔全身變得鬆軟地倒臥在鍾碩的懷裡，完全的停止
了心跳與呼吸。鍾碩不禁大聲的哀吼：「不⋯⋯」

Part III

第十五章　黃金七十二小時

「當人被活埋的時候，只有七十二小時的黃金救援時間……」

人在七十二小時沒有進食與飲水，只能依賴自身的體力存活七十二小時。因此每當有重大災難發生的時候，救難人員會拼命在七十二小時內拯救生還者。因為超過七十二小時之後，人的體力處於耗盡的狀態，沒有多餘的體力去呼救或是做出求救的回應，因此存活的機率是少之又少。

二十年前的九二一大地震，在十二小時之內發生連續地震四十九起。許多人在半夜裡穿著內褲就逃命，街上的電線桿倒塌，路面裂開，到處都是斷垣殘壁，許多汽、機車被土石吞噬。

在開車中的白韜，被突然的大地震給驚傻了，嘰了強烈一聲，白韜他緊急煞車。因為他的女兒半夜裡發高燒，白韜開車載他女兒去醫院掛急診。突然間的強烈大地震，整個地面搖晃不止，且路面瞬間龜裂攏起，宛如是人間煉獄。白韜的心裡很急，因為他寶貝可愛的老婆還在家裡睡覺。

　　因為大地震的關係，整個交通都中斷了，白韜只有抱著女兒走出車外，來到了街上，他發現所有的一切都已經變得面目全非，電線桿全部的倒塌，斷裂的電線冒出嚇人的火花，許多路都龜裂了，因為當時天色太暗看不清楚，白韜看見一個人直接掉進了一人高的裂縫中，整個彷彿陷入了恐怖的世界。

　　天空是一整片的紅，市區裡災情慘重，路上湧入許多逃難的人，白韜抱著女兒漫步的走著，聽到有不少人議論紛紛：「聽說這一次大地震死了許多人，滿街建築物下沉了，有不少四樓變成了一樓。」此時空氣裡佈滿了濃濃的屍臭味，這是一個不眠的夜晚啊。

　　「老婆……」

　　白韜聽得心中越來越著急，他不禁抱著女兒快跑，越跑越快，越跑越快，在人群中穿梭著。等回到所住的大樓的那一刻，他不敢相信自己的眼睛，整個人看傻了，他所住的那一棟大樓，居然整棟大樓都倒塌了。

　　「老婆！」白韜向前衝，卻被警消人員擋住了。

「我的老婆在裡面，我要救她啊！」

「裡面太危險了，隨時都可能再度的崩塌。我知道你很心急，但還是讓專業的救難人員來搶救吧。」

白韜眼睜睜地看著倒塌的大樓，什麼都不能做，他的心是懊悔死了，為什麼不強拉他的老婆一起出門呢？這一個愛睡的女人，一瞬間就變成了天人永隔，是生是死也難預料了……

消防隊立即趕往現場救災，但是大樓倒塌嚴重，加上水管破裂造成了淹水，水淹高度大約至人的小腿。住在附近的居民及部分的家屬試圖想要挖掘，但是救援困難，被警消人員阻止，直到搜救人員前來才開始開挖。

白韜在外面等待，簡直是度秒如年，他聽著救難人員說道：「救難時間只有黃金七十二小時，只要七十二小時過後，幾乎所有被活埋的人，就難逃一死了。」

「這七十二小時，就是決定我老婆生死的關鍵時刻？」

「沒錯！」

　　救援的初期，受困在大樓裡面的民眾只能喝尿等待著救援。清晨傳來了第一道消息：「有人被救出來了！」

　　白韜立刻衝向前，多麼希望被救出來的是自己的老婆？

　　「是一個女嬰……」

　　搜救隊傳來了第一個消息，一個出生僅十天的女嬰，在上午七點時被救出送醫，不過在到醫院之前就已經死亡。聽到這個消息，白韜的心中嘆了一口氣，如果自己的老婆死了，那他該怎麼辦？他的人生將變成了黑白。

　　「啊……」現場眾人發出了一陣的驚呼聲，倒塌的大樓竟然開始變形，隨時都可能再度的倒塌。在早上八點時候，因為建築物變形有傾斜倒塌的可能，搜索隊暫停了救援工作。

　　白韜緊緊地抓住現場的救難指揮官：「救救我老婆！她還在裡面啊！」

　　「你要相信救難人員，現在局勢太危險了，等固樁完成，他們會繼續的開挖。」

　　幾個小時之後，固樁完成，救難人員繼續的開挖。救難人員在一整天裡陸續地救出了許多人，但也挖出不少具的屍體。但因為大樓水平倒塌被壓住，搜救的難度可說是相當的高。

　　白韜看著那些已經死亡的屍體，一具一具的認屍，還沒有發現他的妻子，表示他的妻子還有一線生機。在白韜的心中，可以說是度秒如年，他無時無刻不擔心他妻子的安危，可是眼見時間一秒一秒的過去，他的妻子－海靈，卻是一點音訊也沒有。

　　這三天可以說是度秒如年，時不時可以傳出有人被救出，又有發現死屍的消息。在黃金的七十二小時裡，白韜的雙眼佈滿了血絲，在三天裡他一點也不敢睡，他只是苦苦地在等待，苦苦地等待他妻子海靈被救出的消息。

　　七十二小時過去了，搜救人員已經救出了一百多人，也發現了一百多具的屍體，但是其中並沒有海靈。白韜的心都碎了，他的眼淚流的不停，他的心中知道，海靈她能活下來的機率是

微乎極微。但他不放棄，只要搜救隊不放棄，他也絕對不能放棄，對於海靈，他還存著一絲的希望。

　　一百八十個小時之後，當最後一具屍體從瓦礫堆中被抬了出來，指揮官宣布搜索工作告一個段落，警義消及搜救隊伍也陸續的撤離現場。

　　白韜抓住指揮官的衣領：「我的老婆還在裡面，你們怎麼能放棄了呢？」

　　「該挖的地方都挖了，確定沒有挖到你的老婆，你能確定當時你的老婆在大樓裡面嗎？」

　　「這個……」

　　白韜無法確定，也許他老婆半夜裡發現他與女兒不在，走出大樓去找他們了？可是，如果是這樣的話，為什麼他老婆到現在不出現找他們呢？白韜的妻子－海靈，就像是消失了一般，完完全全沒有人發現到她的蹤跡。

　　「海靈她……消失不見了……」

　　白韜的心中在祈禱，祈禱著海靈還活著：「海靈，不管妳
在哪裡，妳一定要努力的活下去，我會等妳的，等妳回到我的
身邊。」

第十六章　被活埋地底

白韜回想他與海靈甜蜜的婚姻生活……

兩人結婚之後就搬到這棟大樓的新家，剛到達了新家的時候，海靈就看到分佈在自己新家的很多的快遞，於是兩個人就開始拆包裹，等到拆了一半的時候，海靈發現裡面多都是高腳杯和啤酒，於是海靈憤怒了，指著一箱包裹說：「如果這個包裹裡面還是啤酒的話，我絕對饒不了你。」

聽完這句話了之後，白韜就千般阻止海靈拆包裹，可是海靈還是拿著剪刀將包裹剪開了，白韜發現瞞不住了就馬上藉口自己要去上廁所，後來白韜還是用自己的樂觀化解了海靈的怒火。

有一次做飯的時候，兩個人都在廚房裡，白韜突然間誇獎自己的妻子好厲害好會煮飯啊。海靈聽到這話的時候是特別的感動，後來白韜又不停說同樣重複的話：「妳好厲害，妳好會煮飯啊！」海靈被弄得哭笑不得。

　　後來兩個人吃飯的時候，海靈的話說得不停，白韜突然間說：「吃飯吧！」然後海靈就笑了。

　　吃著吃著，然後就有聲音發出來，兩個人都笑了，原來的白韜放了一個特別響亮的屁。然後海靈安慰白韜說：「沒事的，只不過是放了一個屁。」

　　白韜馬上回答：「不是的，只是其他的屁沒有聲音。」聽到這，海靈笑翻了。

　　兩個人在相處的時候滿滿地都是愛，而且每次兩人相處的時候都是親親抱抱的，白韜常常想：「能跟海靈結婚真好，我真的很愛海靈……」

　　找不到海靈的屍體，白韜的心中是萬分的擔心，他是真的好愛好愛海靈。他心裡想：「難道說在大地震發生大樓倒塌的時候，海靈不在家裡？如果海靈還活著，為什麼不來找我呢？我是真的好愛好愛妳，老婆……」白靈被列為地震失蹤的人口。

　　家毀了，白韜和他兩歲的女兒被暫置在收容難民的組合屋裡。這一場大地震，家毀了，妻子不見了，可以說是家破人亡。白韜所剩下的，也只有自己那兩歲的女兒，以及對妻子海靈無限的思念。

　　一個月之後……

　　一陣急促的敲門聲，驚醒了正在熟睡中的白韜：「誰啊？這麼早就來擾人清夢？」

　　白韜打開了門，發現門外站著一個曾經見過的人，那個人就是大地震時，在大樓外救援隊的指揮官。指揮官問白韜：「你就是白韜白先生？」

　　「是的！」

　　「我來找你，是有一件驚人的消息要告訴你。」

　　「什麼事？」

　　「那就是……你的老婆海靈，她還活著……？」

「蛤？我老婆海靈……她還活著……？」聽到這個消息，白韜的心中感到萬分的吃驚。

「你說什麼？我老婆海靈她還活著？！！！」

「沒錯！」

「這怎麼可能？當初發生大地震的時候，我的老婆被埋在大樓的底下，連屍首都找不到。如今你說她還活著，難道當初她不在大樓裡，她究竟到了哪裡？為什麼那麼久的時間都不來找我呢？」

指揮官沉重的說：「不！我們在大樓的地底下發現了你的老婆！」

「什麼？！！！」

「昨天，在大樓重建的時候，挖土機在地底下挖出了一個密閉的空間，我們在密閉空間裡面發現了一個滿是白髮身影消瘦的女子，我們問她，她說她的名字叫做海靈，我們已經將那名女子緊急送到了醫院。」

　　白韜感到吃驚：「怎麼可能？難道說海靈被活埋地底長達一個月而不死嗎？」

　　「你真的不是開玩笑嗎？海靈她真的沒有死嗎？她在地底獨自活了一個月，缺乏食物缺乏飲水，她還能真的活著嗎？」

　　指揮官嚴正地說：「這一切就要用你的雙眼證明，那個從地底下挖出的白髮女子，是不是真的是你的老婆？」

　　白韜緊急地趕到了醫院，走進了急診室，看見了那一個倒在病床上奄奄一息身影消瘦的白髮女子，白韜的眼淚不禁地飆流了下來。雖然她變得消瘦了，頭髮變得完全的雪白，倒在床上需要呼吸器呼吸，但她確確實實是自己的妻子－海靈，海靈她居然還活著。

　　白韜走進病床，用手指觸摸海靈的臉，他的手指顫抖得不停，心中是萬分的激動：「妳沒有死？海靈……，妳真的還活著……」

　　白韜緊緊地握住海靈的手：「妳還活著……，海靈……」

　　經過幾天的休養，海靈漸漸地甦醒，但是醒過來的海靈，似乎變得不認識白韜。甦醒的海靈，只是呆呆地看著窗戶的外面，她變得一句話也不說。白韜的心裡知道，海靈她受到了極度的驚嚇，獨自一個人生活在地底下，缺乏食物缺乏飲水，那是一件多麼恐怖的事情，看著她完全變得雪白的頭髮，就能感受到她是多麼的恐懼。

　　十幾天之後，海靈出院了，白韜就將海靈接回了組合屋。當一踏進房門，他們那兩歲的女兒，還在牙牙學語的女兒，步伐不穩定地走到了海靈的身邊，抱住了海靈的大腿。

　　「媽媽……，媽媽……」

　　看到這一刻，白韜的心裡是感動的，他的這一個家，終於又破鏡重圓了，終於又成為了一個完整的家，這一個時刻……真的讓人感受到……幸福啊。

　　突然間一聲的尖叫聲：「她不是媽媽！」

　　小女孩彷彿受到了極大的驚恐，立即的鬆開了海靈，不穩的身軀快速地後退：「她不是媽媽！」

　　白韜抓住女兒：「妳在胡說些什麼？她就是媽媽，雖然她的頭髮變白了，但她真的是媽媽！」

　　「海靈，非常的對不起，女兒太久沒見到妳，似乎變得有點不認識妳……」

　　白韜轉頭看著海靈，瞬間雞皮疙瘩豎起，海靈的雙眼變得異常的冰冷，她冷冷地看著她們兩人，似乎變得異常的陌生……

　　自從海靈回來之後，這個家就開始變調了，因為海靈……她再也不是她了……

第十七章　她再也不是她

以前的海靈非常喜歡自己的女兒，經常抱著女兒，開心的哄著她。自從新的海靈她回來之後，女兒再也不敢給她抱了。女兒看著海靈的目光與以前不同，她一見到海靈就大哭大叫，彷彿像是見到了可怕的東西，時不時躲著海靈，害怕與海靈單獨的相處。

白韜帶著海靈去拜訪新的鄰居，海靈一進入到鄰居的家，平時鄰居家安靜的寵物狗忽然地變得瘋狂了起來，圍著海靈不停的狂叫，彷彿像是見到可怕的東西。而且鄰居家魚缸裡的魚瘋狂的繞圈游，又好像看到了什麼怪異的東西？海靈卻完全的不在意，她的表情總是非常的冷淡，冷冷地看著那隻狂叫的寵物狗，狗竟然感到害怕，不停地往後縮。

半夜裡睡覺，白韜進入到了夢鄉，在這一個時候，他聽到了奇怪的聲音，是他女兒莫名大哭的聲音。他立刻衝到女兒房間抱起了女兒，安慰著女兒：「不要哭，不要哭。」

　　女兒的哭聲停不住，卻是不停地嚎哭，彷彿看見了什麼可怕的東西。白韜順著女兒的眼光回頭一看，忽然看見海靈就站在他的正後方，他大嚇了一跳。

　　「妳是什麼時候站在我的後面的？」

　　「……」海靈她一句話都不說，只是睜大眼睛看著白韜與女兒。

　　每到深夜時分，從白韜的耳裡總會傳來一些有點壓抑的女人癡笑聲，而且總是準時在凌晨三點鐘，白韜睜眼一看，竟然是睡在他的旁邊，他的妻子海靈正睜大眼睛看著他笑，而且笑得很詭異，笑得不禁讓白韜不寒而慄。

　　在朋友的建議與介紹之下，白韜決定帶著海靈去找一位法師。

　　法師偷偷地告訴了白韜：「我偷偷地告訴你，我有一種特異功能，只要讓你的老婆握著我的手指，我就能夠聽見她內心

　　的聲音。」白韜雖然半信半疑，但卻也試著照著法師的指示讓海靈握住了他的手指。

　　當法師握住海靈手指的時候，他的臉色大變。事後白韜偷偷地問法師：「你說，只要你讓我老婆握住你的手指，你就能聽見她內心的聲音。」

　　法師表情沉重地向白韜說：「你的老婆，如果你繼續和她在一起，一定會出事情的，請你下定決心離開她吧。」

　　「為什麼？為什麼你會這樣的說？」

　　「因為⋯⋯我完全聽不到她內心的聲音，她是一個可怕的女人⋯⋯」

　　「怎麼會這樣？你不是說你有特異功能嗎？你為什麼聽不見她內心的聲音？」

　　「人有三魂七魄，也就是說人有魂與魄，你的老婆卻只有魄而沒有魂，她已經是失去了靈魂的女人，她遲早會做出傷害你和你的女兒的事。」

　　「離開她吧！不然你跟你的女兒將會招致到致命的危險。」

　　白韜的心裡覺得越來越奇怪，但是要他離開他的妻子海靈，他是做不到的，雖然現在的海靈，已經不是他從前認識的那個海靈了……

　　熟睡中的白韜夢到了一個女人，他看不清楚她的長相，但她有一頭雪白的長髮，白韜心想，難道她是自己的妻子－海靈嗎？那一個女人，站在白韜面前詭異的笑。女人一邊笑，一邊慢慢走向白韜，就在這個時候，白韜發現，女人的裙子上不停地往下掉落東西，定眼一看，白韜驚恐了，往下掉的是一堆堆紅色的黏稠物，是血！

　　驚叫了一聲，白韜從夢中醒來，原來是夢！剛想要鬆一口氣，白韜卻又一次愣住了，他妻子海靈正站在自己的床前，一臉詭異的笑。

　　「你夢到什麼？」海靈的聲音陰森恐怖。

　　「我……」白韜嚇得魂不守舍。

「我是來取你命的！」尖叫一聲，海靈的臉腐爛成白骨，撲向白韜⋯⋯

白韜再度的醒了過來，原來真的是一場惡夢。

可是從這一天開始，白韜常常會在夢中夢見海靈，而且在夢中，海靈都會變成可怕的鬼，想要殺掉自己。

黑暗中，時間一分一秒的流逝，白韜感覺眼皮越來越沉。本來正在床上熟睡的海靈抽搐了一下，像是觸電一樣，隨後慢慢坐起，披頭散髮，雙眼圓整，臉色蒼白。

「妳⋯⋯妳到底想要幹什麼？」白韜不禁發出聲問海靈，重新從地底回到家的海靈，他完全無法瞭解她，甚至打從心中的害怕她。

聽了白韜的發問，海靈並沒有回聲。

「妳說話啊，妳到底想要怎麼樣？」白韜的聲音裡已經有了哭腔。

「啊！妳不要殺我⋯⋯妳⋯⋯」白韜雙手抱住頭，聲音已經變得沙啞，有點咆哮。

　　看到白韜的反應，海靈隨後伸出顫抖的手，指向了房間的一個角落。白韜心驚膽戰地向那一看，愣住了，那裡什麼都沒有啊？

　　「什麼……也沒有啊。」白韜疑惑地問。

　　海靈說出恐怖的話語：「有啊！她就在那裡！她就在那裡！你看她的紅裙子，正在往下滴著鮮血……」

　　白韜害怕極了，海靈竟然說出他惡夢中景象，但是此時的白韜，他什麼都看不到啊，房間的角落，依然是什麼也沒有，那裡只有一團平靜的空氣。

鬼怨

第十八章　意外頻生

在白韜外出吃午餐的時候，突然間頭頂一陣狂風襲來，一個機靈，白韜猛然地往旁邊一跳，身後響起巨大的撞擊聲，回頭一看，白韜驚呆了，原來是頭頂上的電扇竟然掉了下來，要不是自己跑的快，剛才那瘋狂旋轉的扇葉鐵定能將自己的頭割掉。

午餐店裡立刻騷動了起來，店員們更是慌忙跑來問白韜有沒有受傷，並且一再的道歉。

「這……，我先走了。」驚魂未定，白韜喘著粗氣說，隨後驅車直奔家的方向。

經過一個十字路口，是綠燈，但馬上就要變紅燈了，白韜正準備一腳油門加速駛過，猶豫了一下，停車，旁邊一輛轎車不想等待，一個加速衝到路的中間，就在這時候，一輛高速行駛的貨車從旁邊駛出，一下子將轎車撞得粉碎，裡面的人眼看是活不成了，隨後馬路亂成了一團。

白韜愣愣的看著一切，要不是剛才自己猶豫了一下，現在躺在血泊中的一定是自己，難道這也是巧合嗎？

　　終於白韜安全的回到了家，打開門，海靈正在睡覺，白韜突然聽到窗外傳來一陣細微的噼啪聲，轉頭只看見窗外的電線桿上的一根電線竟然莫名其妙的斷了。

　　一瞬間，白韜猛地拿起床上的枕頭護住自己的身體，電線打在絕緣的枕頭上，隨後軟綿綿的跌落在地上。

　　每當白韜睡覺的時候，就有著滿頭白髮看不清楚面容的女人緩緩地浮現在他的眼前。突然她用力地抓住了白韜的手，然後用一股極強的力量不斷拉扯著白韜，白韜拼命地想反抗但身體就是動不了，全身上下完全被汗水給濕透了……

　　這些事情開始頻繁地發生，白韜就連一個人去廁所都不敢了，壓力已經瀕臨了極限。雖然去找了附近的乩童請他驅邪，對方卻說看起來並沒有幽靈跟著他，但還是請他幫忙驅了邪，可是情況沒有改善。

　　夢中那白髮的女子緊鄰在白韜的身側正襟跪坐著，然後露出詭異的微笑，開始絞緊了白韜的脖子，白韜的身體動彈不得感受到異常痛苦。

　　白髮女子慘白的表情和全黑的雙眼，她沉默地跨上白韜的身體，手掐上了他的脖子……

　　對於海靈的種種，白韜的心中是越來越懷疑，甚至懷疑海靈她……根本就不是人……

　　「海靈……，我的老婆……，妳究竟是什麼東西……？」

　　白韜在網路上分享了他親身的經歷，其他人也分享給白韜有關他們的親身經歷，有關九二一大地震之後的一些靈異的事件。

　　九二一地震發生之後，一名遇難的女孩附身在另一個女孩的身上，也就是傳說中的鬼上身。遇難的女孩和被附身的女孩原本是好朋友，或許就是這個原因，使得遇難的女孩附身到這個昔日的好友的身上。

　　被附身的女孩樣貌姣好，皮膚細膩，身高在一百七十公分以上，魔鬼身材。被附身之後，這個女孩的行為舉止迥異，說

話聲音、腔調、語氣宛如遇難的女孩一般。她對自己突然的死亡耿耿於懷，又說她在某間寺院超渡的時候，因為和她一樣的人太多了，排不上隊，她非常的痛苦，希望有人來幫助她。

被附身的女孩的家人嚇壞了，他們到了山上，請求法師唸蓮師心咒為她超渡。被附體的那個女孩用鄙夷的眼神和口氣對法師說：「就憑你們那一點功力還想唸蓮師心咒超渡我？」

超渡法會在第二天舉行，法事在大殿做了很長的時間。終於送走了遇難女孩的靈魂，被附身的女孩像是一下驚醒過來，她問家裡的人：「這是什麼地方？我怎麼會在這裡？」她完全不記得發生過什麼事情。

九二一大地震，他被埋在地下已經六十多個小時後，救援人員找到了他，發現他被三塊重達一噸的石板死死地壓著動彈不得。

不過他的意識還是清醒的，透過電視的鏡頭，他對新聞記者說：「我可以說是不幸運又是很幸運的人，我覺得我從死神

的手中逃回來了。他們很多人沒有我的運氣好。三塊石板把我壓在底下，使我不得動彈，我三天三夜沒有吃一顆糧食，只喝了一點水。」

「我覺得我命還是大，大難不死，必有後福。我不想放棄我家裡的每一個人，我要堅強，我一定要堅強，我必須要堅強，為每一個深愛我的人，一定要頑頑強強地活下去。我要對得起他們，我要對得起他們對我付出的那麼多的好。我希望你們一樣，不要在任何困難面前被嚇倒。」

而他所說的這一切也都通過電視機被全國的人看到了，全國的人開始一起關注他的命運，為他祈禱。

經過五個多小時的救援，一直到晚上，他被成功救出，全部人員都鬆了一口氣，可是他卻在被送下山的路上失去知覺。隨後救援人員為他進行人工呼吸及心外壓，但無奈最後證實他已經死亡。

電視節目在錄製他的最後七十九個小時專題時，離奇的拍攝到了半張藍色人臉，根據拍攝的鏡頭顯示，那半張人臉映在

坍塌的水泥牆上，而且眼睛還會眨動。剛開始時，以為是營救人員用鏡子時反射過來的，不過後來證實營救現場沒有鏡子，該電視片段播出之後，當時在網路上引起很大的騷動。

有的人把這件事當做人死後靈魂存在的證據，認為在他死亡之前，靈魂已經遊走在四周了，只是他當時想到自己還有妻子小孩，因此以頑強的意志力在堅持著。

拍攝者的口述：「那張人臉，到底是誰的？他和那個人的死有沒有關係？我不知道，也說不出來。總之，這是一場慘烈地震中，詭異的一個畫面，讓我難以忘懷。鬼魂可能是來討命的，一報還一報永無停息，真的是恐怖致極啊……」

聽著其他人分享與見證，白韜相信在九二一大地震之後，有許多冤死的鬼魂存在，他的妻子－海靈，說不定就是一個鬼魂……？

鬼怨

第十九章　不理性的里民

　　越來越多離奇的事情發生在白韜的身上，他們所住的組合屋成為了噪音的源頭。夜晚傳來了敲窗聲、撬門聲、踏地板聲，就連床柱上也出現了被老鼠啃過的痕跡。小女兒在自己的臥室裡突然遭受到莫名力量的襲擊，被無形的力量扯著頭髮吊在半空中尖叫著……

　　夜晚，在組合屋這一個社區裡，白韜聽見一陣慘叫的聲音，他衝出去看，竟然看見里長竟是滿身是血，里長一把抓住了白韜的胳膊，驚悚地喊道：「殺人啦，殺人啦……」

　　白韜反過來抓住他的手問道：「里長，到底發生什麼事呢？」

　　里長使勁地嚥了一口口水，說道：「殺人了，鬼殺人啦！」

　　「鬼……？」

　　「是一個滿頭白髮的女鬼……」

　　白韜一聽見滿頭白髮，就大吃了一驚，他的老婆－海靈不就是一頭雪白的頭髮嗎　……？

　　里長述說著：「晚上的時候，我和我老婆關了燈睡覺，就在剛迷迷糊糊要睡著的時候，突然間一陣陰風就把窗子給吹開了，然後我就看到一個黑影從窗子那邊跳進了屋裡，直接朝著我撲了過來！」

　　「當時我嚇了一跳，嚕的一下就從床上坐了起來，可是已經晚了，那個黑影撲過來之後，一把拽住我的胳膊，使勁的往外拉著，好像要從我的身上拉出什麼東西一樣，好像要把我的皮肉和筋骨給扯斷一般。」

　　「我就不停的掙扎著，大叫著，然後驚醒了在旁邊睡覺的老婆，老婆她也嚇壞了，慌里慌張的從床上滾了下來，拿起了一把刀子要去刺那個黑影，結果一不小心就刺到了我的肩膀上，弄得我滿身都是血跡。」

　　「經過了一番的掙扎之後，那個黑影突然間就現了形，是一個滿頭白髮的女人，卻看不清楚她的容貌。我大叫了一聲，那個白髮女子鬆開了我，撲向了我的老婆，像剛才一樣使勁的扯著我的老婆，強大使勁的力量，居然一口氣將我老婆給扯成

兩段，腸啊、胃啊、鮮血瞬間地噴流了出來。我看到這場景，
驚嚇得差一點昏死了過去，之後白髮女子就跳到窗外去逃走
了。」

此時的里長眼睜睜的看著自己的老婆，在自己的面前被白
髮女子殺死，心中是萬分的驚嚇，嚇得一屁股坐在地上。現在
里長才知道，最近這個組合屋社區發生了許多件恐怖的事件，
有好幾個人的狗啊貓啊，半夜被人殘殺而死，原來就是被這個
白髮女子所害死的。

里長嚇得魂不守舍，於是跌跌撞撞的跑到外面的街上，大
聲地呼喊救命。白韜聽到里長的呼喊求救聲，跑到了外面，聽
到里長的描述，嚇得全身冷汗直流。

「那個白髮女子是可怕的鬼，鬼……殺人了……，她殘忍
的殺死了我的老婆。」

「白髮女子是鬼……」

鄰居聽見了，感到吃驚：「白韜，你的老婆不就是滿頭雪
白的頭髮嗎？」

「什麼？！！！」

「白韜！難道說是你的老婆殺死了里長的老婆嗎？」

白韜聽到這話，他嘴巴顫抖地說不出話來，因為……因為……連他自己都懷疑自己的老婆，她不是人，而是一個鬼……

「你們知道嗎？白韜的老婆就是新聞報很大的，九二一大地震之後，在地底獨活了一個月，被救出的那一位白髮女子。」

「這怎麼可能？怎麼可能有人可以在地底獨自一個人活一個月？沒有食物沒有飲用水，連三天都活不下去，白韜的老婆怎麼可能在地底獨自一個人活了一個月呢？」

「白韜的老婆，她真的是人嗎？」

里長緊緊地抓住了白韜的衣領，大聲的怒道：「白韜，是你老婆殺死了我的老婆，叫你老婆還我老婆的命來！」

「……，我不知道……，我真的不知道啊……」白韜哭喪著臉，聲音變得異常的沙啞。

　　組合屋社區裡的人，紛紛地到街上來，聽到了這個消息，是異常的氣憤：「是鬼殺人！叫那個白髮的女鬼出來償命！」

　　「那個白髮的女鬼，就在白韜的家裡，我們去白韜的家裡，叫白髮女鬼償命！」

　　在眾人的逼迫之下，白韜只有帶著里長與眾人回到自己的家中。白韜和里長一前一後進入了屋子裡，打開臥室的房，看見海靈正縮在床上，她整頭雪白的頭髮，整個人瑟瑟的發抖，雙手死死地抓住被子的一角，緊張的看著面前的一個什麼東西？

　　白韜順著她的目光看了過去，在她的面前，什麼都沒有啊？！！！

　　里長一看見海靈，就義憤填膺的怒道：「就是她！就是這一個白髮女鬼！就是她殺死了我的老婆！」

　　白韜聽了，眼淚不禁掉落了下來：「海靈，真的是妳嗎？真的是妳殺了人嗎？真的是妳殺死了里長的老婆嗎？妳真的不是人嗎？妳真的變成了鬼了嗎？」

　　「我……」海靈的話說不出聲

「她是鬼！她是一個殺人鬼！像這個的鬼，是無法再讓她害人了！」

里長大喝了一聲，握緊了拳頭衝向了海靈，只聽見砰的一聲，里長的一拳砸在了海靈的身上。海靈發出了慘叫一聲，極其刺耳的慘叫，像個皮球一樣被打翻在地，里長又想上去打她，白韜抱住了里長，阻止了里長繼續揍海靈。

「快走！海靈！妳在這裡，會被活活的打死的！」

但是海靈又能逃到哪裡去呢？屋子的四周，已經被不理性的里民們圍了起來，海靈一逃出屋外，就被里民給包圍了起來。

「她殺了人！她是鬼！處死她！處死她！」不理性的里民抓扯著海靈的頭髮與衣服，海靈招受到無情的拉扯被眾人拖著走。

「我沒有殺人，我不是鬼，人不是我殺的！」

「處死她！處死她！」

　　瘋狂的里民已經失去了理性了，眾人把海靈給拖到了溪邊，丟到了溪裡。溪水直灌她的呼吸道，肺部氣體又內逼，內外併衝，胸痛如裂，痛苦的讓人無法忍受……

　　等到白韜趕到了溪邊，眾人一哄而散，溪邊只留下的是，白髮女子海靈的屍體。

　　「如果海靈她會死的話，她為什麼會是鬼呢？」白韜蹲在海靈的屍體旁邊，他的內心悲痛不已，眼淚流得不停。

　　「大地震殺死不了海靈，她獨自一人在地底活了三十天，是眾人的憤怒殺死海寧。」

　　然後白韜聽到了一陣陰森的笑聲，白韜他回頭一看，一個白髮的女子，表露出陰森的笑容，就站在他的背後。白韜他仔細看清楚那白髮女子的面容。

　　「她，不是海靈，那一個殺人的白髮女鬼，她不是海靈……」

　　二十年後……

　　一對年輕的男女，捧著鮮花來到了墓園，他們是一對患有先天囊狀纖維化症的情侶，年輕的女孩是前來祭拜自己的父母……

　　墓碑上寫著：「白韜與愛妻海靈之墓，不孝之女白忻敬上……」

鬼怨

Part IV

第二十章　天生陰陽眼

「陰陽眼就是俗稱的見鬼，擁有陰陽眼的人，其他一般人用肉眼看不到的鬼，可是他們卻能看得見。」

她，雷芹，她從一出生，就能看見別人看不見的東西，小時候她經常自己跟自己說話，把她的媽媽嚇壞了。到了上國小，她才知道，她所看到了那一些東西，是別人所不能見到的。

很多時候，鬼很可能只是一道光，或是一個影子，或者是一個模糊的人影。更恐怖的時候，有些的鬼看起來，是有手有腳，而且雷芹卻能很清楚的看見他們，而且當鬼發現雷芹在看他的時候，就惡狠狠地瞪著雷芹，雷芹甚至曾經還被惡鬼追逐過，想起來就令她感到害怕。

人類眼睛的瞳孔是看陽世人，而眼白卻能看到陰間的鬼，別以為無意間的一瞥是個錯覺，或許真的有東西正在看著你……？

雷芹天生就有陰陽眼，她也經常被鬼糾纏，她最好自保的方式就是裝作看不見，因為鬼一但發現人類能看見他們，甚至有可能被跟回家。

雷芹小時候有一天傍晚，沿著河邊走回學校，她手上拿著課本邊走邊看，這時候她的眼角瞄到河邊有一塊黑色水草在移動，當時還以為是什麼小動物，於是稍微走近想看清楚的時候，沒想到竟然是一個水鬼……

在那瞬間水鬼抬起了頭與雷芹雙目相對，雷芹裝作看不見，立刻撇開視線繼續地往前走，水鬼見狀似乎有些懷疑，緩慢地朝著岸邊前進，接著從頭顱再到整個身體探出水面，上岸後還能看見他的身體在滴著水。

雷芹發現對方的靠近，立刻舉起手中的課本假裝在讀書，不立刻轉身逃跑是怕打草驚蛇讓他跟上來，之後更慢慢移動遠離河邊，還一邊假裝在背書閉上眼睛，結果眼睛再張開的時候，赫然發現水鬼就出現在她的眼前。

雷芹把頭直接卡進人與課本的中間，水鬼整張臉腫脹發爛死死地瞪著她，在那瞬間雷芹差點沒被嚇死，只能逼著自己繼續假裝背書，又過了好久以後，水鬼似乎發現眼前的人類真的看不見他，只能遺憾留在原地。

「當他們發現我擁有這種能力，後續的困擾會讓人受不了，有的鬼會因為好不容易遇到能看到他的人，就會要求人類幫忙做事，還有一種就是存心要嚇人，有事沒事突然出現在身邊打招呼，又或是大半夜熟睡時在耳邊喊著你的名字……」

農曆七月三十日，鬼門將關啟的那一個夜晚……

一個破舊的組合屋社區，出現了兩個年輕人，一個口戴著呼吸器，一臉病懨懨的樣子；另一個雖然是陽光的大男孩，但在他的臉上，卻是一臉的哀容，一副很悲傷的樣子。

「你確定你要這麼做嗎？」

「你知道嗎？是我這一雙手，就在我的面前，我眼睜睜地看著自己掐死了我最心愛的女人……」

「我是無法原諒那一個白髮女鬼，就算是犧牲掉我的性命，我也要找出那個白髮女鬼復仇。」

「我又何嘗不是呢？那個女鬼也害死了我最愛的女人，但是我們只是平凡的人類，又怎麼可能會是那白髮女鬼的對手呢？」

說話的這兩個年輕人，一個就是天生患有囊狀纖維化症的韓磊，另一個就是親手掐死自己心愛女人的鍾碩。

鍾碩問：「你是如何知道那個白髮女鬼的起源地，就是來自這個破舊空無一人的組合屋社區呢？」

韓磊：「在我整理白忻遺物的時候，發現了白忻收集有關二十年前九二一大地震的剪報。報導裡記載著，一個女人獨自在地底活了一個月，然後被救起，當她被救出的時候，卻是滿頭的白髮……」

「真的……？」

「所以你懷疑當初被救出來的就是這一個白髮女鬼？」

「嗯，而且另一張剪報更恐怖，在半年之後，這一個組合屋社區幾乎滅村，在這一個村子裡，就傳說中有一個白髮女鬼。」

鍾碩好奇的問：「你的女友為什麼會收集這樣的簡報呢？」

「我不知道，但是我女友白忻對她小時候的事，與她來自哪裡？她從來都不跟我說。」

「所以你懷疑你女友跟那個白髮女鬼有關？」

「是有所懷疑，但不是很肯定。所以我才會邀請你一起到這個破舊作廢的組合屋社區來調查。我知道你對尹璦的死耿耿於懷，你也想知道真相是什麼？那一個白髮女鬼究竟是誰？」

「是的！我寧願死的人是我，就算是犧牲我的生命，我也要知道真相到底是什麼？」

「恐怕只有我兩個人，也不是那個白髮女鬼的對手吧？」

「我當然知道，所以我特地找了一個幫手。」

「幫手……？」

「她是一個通靈者。」

「通靈者……？」

韓磊看了看手錶：「這一個時間，她應該來了吧？」

一個年輕的女子出現在兩人的面前，她火辣的打扮，讓兩人移不開他們的視線。白色的蕾絲搭配著亮片短裙，配上黑色網格膝上靴營造性感氛圍，連身的馬甲罩上黑色薄紗，再用搶眼的配件鑽面腰帶以及鑽面耳環等帶入復古的感覺。

那種嫵媚又隨性的性感不是一般人能駕馭得到，重點是那一雙美腿，直叫人口水猛流。

「她……？她……是通靈者……？」

「你會不會叫錯人呢？會不會叫到致中專用的那一個妮可？」

「不會吧？我是在網路上找的，她的評比很高的。」

「是嗎……？」

那個美麗年輕打扮火辣的女子，一見到韓磊與鍾碩就來個大大的擁抱，那半露柔軟的球頂在胸口的時候，兩人的鼻血差點就噴了出來。

　　鍾碩臉紅地看著那個女子，不好意思地說：「對不起，我們弄錯了電話，我們不是叫雞……」

　　「你們不是要找通靈者，我叫做雷芹，我是一個通靈者。」

　　「什麼……？妳是通靈者……？」

　　「妳這一身打扮……，妳是通靈者……？」

　　「難道通靈者就不能打扮火辣嗎？」

　　「不……，我們不是那個意思……？」

　　「像妳這樣年輕又漂亮的女子，妳為什麼會是一個通靈者呢？」鍾碩好奇地問。

　　雷芹指著自己的眼睛：「你們看我的眼睛。」

　　「妳的眼睛很大很圓很漂亮，真的很有魅力，不折不扣的桃花眼，男人看了會著迷。」

　　雷芹笑道：「不是這樣的，我的眼睛……，我是天生的陰陽眼。」

　　「陰陽眼……？」

　　「我從一出生，就能見到鬼，所以我是天生的通靈者。」

　　韓磊一本正經的說：「那一切就拜託妳了，我們想找的，是一個一頭白髮的凶惡女鬼，因為她的關係，我和鍾碩的女友，都是被那個白髮女鬼給害死的。而我內心相信，那個白髮女鬼的發源地，就是這一個破舊作廢的組合屋社區。」

　　「你們想進入這一個破舊空無一人的組合屋社區？」雷芹不禁身體打了個冷顫。

　　「是啊，我們想從這裡找出白髮女鬼的秘密。」

　　就在這個時候，雷芹的陰陽眼看到了不該看到的東西，一道一道的黑影從破舊組合屋社區裡走了出來，那是一群數量數不清的恐怖鬼魂，讓她不禁地感到萬分的害怕。

　　「我勸你們，千萬不要走進這一個社區裡……」

　　「為什麼？」韓磊、鍾碩不禁好奇的問道。

　　「因為……因為……在這一個社區的裡面，到處都是……鬼……」雷芹驚訝地說。

　　「到處……都是鬼……」

一個月之後……

　　阿清晚上想坐公車回家，因為時間太晚，他無法確定還有沒有公車？正當他覺得應該沒有公車的時候，突然間看見遠處有一輛公車出現了，他很高興去攔了公車。

　　一上車他發現這班公車很奇怪，照理說深夜裡坐公車的人應該不會很多，因爲路線偏遠，但是這台公車卻坐滿了……？而且只剩下一個空位，車上靜悄悄地沒有半個人說話。

　　他覺得有點詭異，可是仍然走向那個唯一的空位坐了下來，那空位的旁邊有個滿頭白髮的女子坐在那裡，等他一坐下，那個白髮女子悄悄地對他說：「你不應該坐這班車的。」

　　他覺得很奇怪，那個白髮女子繼續說：「這班車，不是給活人坐的……」

　　「你一上車，他們就會抓你去當替死鬼的。」白髮女子指了指車上的人。

　　阿清感到很害怕，可是又不知道該怎麼辦才好，結果那個白髮女子對他說：「沒關係，我可以幫你逃出去。」

　　於是她就拖著他拉開窗戶跳了下去，當他們跳的時候，他還聽見公車裡的人大喊大叫著：「竟然讓他跑了」的聲音……

　　等他站穩時候，他發現他們站在一個荒涼的山坡，他鬆了一口氣，連忙向白髮女子道謝。

　　白髮女子卻露出了奇怪的笑容：「現在，沒有人跟我搶了……」

　　「啊……」就是一陣悲慘的慘叫聲。

　　阿成最近總是夢見同一個夢，夢裡一個女人對他說：「你來嘛，你來找我嘛，我等你哦……」

　　阿成忍不住，於是問她：「妳是誰？我怎麼才能找到妳呢？」

　　女人說：「明天中午十二點在公園的門口等我，我滿頭是雪白的頭髮，很好認的。」女人撫摸著自己雪白的頭髮。

　　醒來之後，阿成匆匆找到自己的好友並把一切告訴了好友，好友答應陪同他一同前往。中午的時候兩人在約定的地方等待，卻不見女人的到來，天氣炎熱，阿成對好友說：「太熱了，我到對面買兩支雪糕，你在這裡等我。」說完阿成過街去了。

　　就在這個時候，一輛車子衝了過來，一聲慘叫⋯⋯，好友跑過來一看到阿成，已經倒在血泊中。突然間好友看見一個白影飄了過去，那是一個滿頭白髮的女鬼，好友看看自己的手錶，時間正正是十二點整。再探探阿成的呼吸，已經停止了⋯⋯

　　老蕭喜歡把手機放在辦公室窗戶的桌子上，在陽光之下，金屬的外表栩栩如生，霎時惹人喜愛，今天是老蕭的生日，從中午時間老蕭收到了不少祝福的短訊，他一一讀完，時不時回覆一條，然後如平常般把手機擱在窗口的桌子上，開始忙碌。

　　手機的聲音再次響起，他嘴角翹起一道弧線，無奈的搖搖頭。辦公室的同事忍不住和他開玩笑：「又是第幾號的女朋友給你發的短訊啊？」

「別胡說八道，我哪來的女朋友？」

他拿起手機讀著：「後天晚上十點……」

「什麼亂七八糟的短訊啊？」同事湊了過來，這並不是什麼祝福的訊息。

「可能是無聊的人開玩笑吧？」老蕭笑笑，繼續寫他的文件。

第二天還是中午的時候，他又收到一條短訊，內容與上次的居然有些關連……

「明天晚上十點……」

老蕭開始有些不耐煩了，他按照那個號碼撥了回去，想看看是誰和他胡鬧？

「你好，你所撥的號碼是空號……」

「不會吧？」他再次確認了短訊的電話號碼後撥了過去，結果仍然是空號。

「也許是短訊發過來的時候發生了錯誤吧？」他沒有深想，決定對這個短訊不再理睬。

　　第三天，同樣的時間，手機的短訊照舊地響起，老蕭有些煩惱了。打開短訊，天啊！

　　「今天晚上十點……」這幾個字映在他的眼裡，他馬上照那個號碼再次撥了過去。

　　「你好，你所撥的號碼是空號……」機械式的聲音再次在電話那頭響起，透著涼意……

　　「不可能的啊……」

　　老蕭決定今天下班早早回家，可是部門的經理卻正好宣佈，客戶來電話通知，談判時間改為明天早上，所以他所負責的文案必須要今天晚上做好，看來只好加班了。當然，幾個短訊是不能影響工作的，再說這次的專案，老總是非常看重的，企劃部得力幹將老蕭是怎麼也脫不了關係的。

　　最好的辦法是，在十點之前把工作結束。七點過後，大廈裡面的公司員工都陸陸續續的下班了。辦公事裡安靜了下來，老蕭要了份便當，匆匆吃了幾口便全身心的投入到工作去。

　　八點半，同事們都走了，只有剩下他一個人。他已經顧不得任何事了，在電腦面前努力奮戰著，直到手機的聲音再次響起，又是短訊！他心裡一陣涼意，回頭一看，還好，不是十點，而是正指九點，他鬆了一口氣，打開手機。

　　「還有一個小時……」又是那個奇怪的號碼？

　　「天啊！到底是誰？」

　　老蕭不禁開始想身邊的每一個人，沒有線索，算了，繼續工作。早早離開為妙，索性關機。老蕭終於完成了文案，匆匆離開了這個地獄般的大廈，點燃一支煙，平靜一下心情，穿過一條馬路，當他走到中央時，手機突然響了，而且是死命的尖叫……

　　「天啊！不是已經關機了嗎……？」

　　老蕭愣了一下，馬上停下來腳步去找那個該死的手機，夜空劃過一個尖銳剎車聲，金屬外表的手機在空中劃了一個圓，落在一片血泊中。有個時間，永遠停在晚上十點……

　　年輕的辣妹通靈者雷芹，帶著韓磊與鍾碩，來到了一棟大樓的衛生間。通往衛生間只有兩條路，前面是洗手台，門口有一面鏡子。

　　衛生間裡有一道門是虛掩的，他們進去的時候，已經看見裡面有一個人，洗手台邊有一個雪白長髮的女子正在洗手。

　　那是一個上了歲數的女人，一身紅色的棉衣，臉色蠟黃，整個臉是浮腫的。三人一進去，白髮女子看見他們，居然露出了詭異的笑容……

　　鍾碩不禁尖叫了一聲：「白髮女鬼……」

　　「有……有鬼……」韓磊驚嚇得喘不過氣來，雷芹也跟著臉色大變。

　　他們往衛生間門口的那面鏡子望，碩大的鏡子裡，只看見到他們三個人，身後的白髮女子，在鏡子裡壓根什麼也沒有啊……？

　　突然間一陣冰冷的感覺，韓磊猛然地往下一看……，天啊！一隻枯瘦的手從下面伸了出來，他大叫了一聲。雷芹從口袋裡

拿出一個小刀往那隻怪手上劃了一刀之後，馬上丟到了馬桶，沖了出去。

白髮女鬼緩緩地抬起頭來，張大眼睛瞪著他們，張牙舞爪的向他們撲了過去。

這個緊張的時候，從另外一頭衝出了另一個白髮女鬼，兩個白髮女鬼糾結在一起，彼此互相的纏鬥……

韓磊感到萬分的吃驚：「居然有兩個白髮女鬼……？」

另外一個白髮女鬼大吼著：「妳害我家破人亡，我實在是無法原諒妳，我要跟妳同歸於盡！」

兩個白髮女鬼互相緊緊地咬著，突然間一陣轟然爆炸，韓磊、鍾碩、雷芹都感受到那爆炸的震撼，三人連退了好幾步，被衝到了牆邊。

「兩個白髮女鬼消失了，她們消失不見了……？」

「這到底是怎麼一回事？為什麼會有兩個白髮女鬼呢？」

雷芹解釋說：「當初在那個破舊的組合屋調查，我能感受到那個社區有許多鬼魂的怨恨。當我走到了溪邊，我遇見了她，另一個白髮女鬼，那個白髮女鬼就是韓磊女友白忻的母親……」

「什麼？她是白忻死去的母親？！！！」

雷芹繼續說：「我用靈力與她溝通，她知道白忻也是被另一個白髮女鬼給害死的，她決定向白髮女鬼報仇。就算是魂飛魄散，她也要跟白髮女鬼同歸於盡。」

「這一切都結束了……」

韓磊、鍾碩、雷芹雙手合什向天際膜拜一番，他們的心中卻是感到無比的悲傷，好像若有所失的感覺……

~完~

國家圖書館出版品預行編目資料

鬼怨／賤男　著.—初版.—
　臺中市：天空數位圖書　2019.12
　面：公分
　ISBN：978-957-9119-64-1（平裝）

863.57　　　　　　　　108022591

發　行　人：蔡秀美
出　版　者：天空數位圖書有限公司
作　　者：賤男
編　　審：容飛
製 作 公 司：傑拉德有限公司
　　　　　　迪迪製作所有限公司
版 面 編 輯：採編組
美 工 設 計：設計組
出 版 日 期：2019 年 12 月（初版）
銀 行 名 稱：合作金庫銀行南台中分行
銀 行 帳 戶：天空數位圖書有限公司
銀 行 帳 號：006-1070717811498
郵 政 帳 戶：天空數位圖書有限公司
劃 撥 帳 號：22670142
定　　價：新台幣 300 元整
電子書發明專利第　I　306564　號　　　　版權所有請勿仿製
※　如有缺頁、破損等請寄回更換

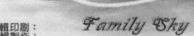

紙本書編輯印刷：
電子書編輯製作：
天空數位圖書公司　E-mail：familysky@familysky.com.tw　http://www.familysky.com.tw/
地址：40255台中市南區忠明南路787號30F國王大樓　Tel：04-22623893　Fax：04-22623863